La casa y el viento

Héctor Tizón

La casa y el viento

ALFAGUARA

© Héctor Tizón, 1984
© De esta edición:
Aguilar, Altea, Taurus, Alfaguara, S.A., 2001
Beazley 3860, (1437) Buenos Aires
www.alfaguara.com.ar

- Grupo Santillana de Ediciones S.A.
  Torrelaguna 60 28043, Madrid, España
- Aguilar, Altea, Taurus, Alfaguara, S.A. de C.V.
  Avda. Universidad 767, Col. del Valle, 03100, México
- Ediciones Santillana S.A.
  Calle 80, 1023, Bogotá, Colombia
- Aguilar Chilena de Ediciones Ltda.
  Doctor Aníbal Ariztía 1444, Providencia, Santiago de Chile, Chile
- Ediciones Santillana S.A.
  Constitución 1889. 11800, Montevideo, Uruguay
- Santillana de Ediciones S.A.
  Avenida Arce 2333, Barrio de Salinas, La Paz, Bolivia
- Santillana S.A.
  Río de Janeiro 1218, Asunción, Paraguay
- Santillana S.A.
  Avda. San Felipe 731 - Jesús María, Lima, Perú

ISBN: 950-511-676-4
Hecho el depósito que indica la ley 11.723

Diseño: proyecto de Enric Satué
Diseño de cubierta: Martín Mazzoncini

Impreso en la Argentina. *Printed in Argentina*
Primera edición: febrero de 2001
Primera reimpresión: noviembre de 2004

Índice

Maison de vent de meure qu'un souffle effaçait.

LOUIS GUILLAUME

Te amo, dura
tierra mía que lanzas,
mancillados, a trozos,
amores que tan sólo quieren
muy humildemente servirte.

SALVADOR ESPRIU

La casa a lo lejos

Recuerdo la fecha exacta en que concluí la primera redacción de esta novela: 28 de febrero de 1982. Así lo tengo anotado en un cuaderno, una especie de diario de trabajo que he guardado conmigo. Eran los últimos años de nuestro exilio pero aún no lo sabíamos.

Si hay páginas mías, de todas las que llevo escritas, que reflejan mi estado de ánimo, son precisamente éstas.

Por aquellos días escribir era para mí la única forma de salvación personal. Días aciagos en que sentía –como en la oda de Horacio– que a mis espaldas cabalgaba permanentemente el negro pesar, ya que todo lo que vivía se lo arrebataba a la muerte, lo vivía a costa de ella. Todavía estaban tibias las ascuas del incendio de las naves que abandonamos.

Repaso aquel cuaderno y leo: "Martes 15 de mayo, 1979. Encontramos una casa para alquilar en las afueras de Cercedilla. Es un buen lugar, absolutamente independiente, sobre un callejón sin pavimentar, frente al campo libre, con árboles, pájaros, vacas".

Por aquellos días nuestro pasado inmediato eran los muertos y sólo nos movilizaba el rencor y la nostalgia, que es ambigua y oscura. Algunos de nosotros no aceptamos resignarnos o esperar y antepusimos nuestra voluntad a la de los dioses o el destino. Se cree que sólo los muertos no sufren. ¿Sufrimos porque somos imperfectos? ¿Es preferible entonces estar muertos para no sufrir? Estas preguntas carecen de sentido, puesto que vida y muerte son excluyentes, aunque se impliquen.

Nos consolábamos diciendo que, seguramente, al final de nuestra vida, nos aguardaba una felicidad sin tiempo, que eso es seguro, como estaba dicho y escrito. Pero dicho y escrito por los que aún no habían muerto.

Nada sabíamos de verdad. A excepción del aire, la tierra y el fuego, todo es locura; Dios incluido.

Cuando empecé a escribir y la primera frase fue: "Desde que me negué a dormir entre violentos y asesinos, los años pasan", sabía que era como una despedida, un extendido, demorado adiós, no solamente a todo lo que había sido mío, sino a mí mismo como escritor, puesto que durante aquellos años sólo pude escribir aquello que era necesario para ayudar a malcomer. Por Montaigne sabía lo que Sócrates dijo de un individuo que no había modificado su condición, a pesar de haber hecho un viaje: "Lo creo, porque se llevó consigo". Tampoco yo lograba ser otro porque me había llevado la casa a cuestas. Quitármela de encima me costó esta novela, y empecé a estar seguro de ello cuando estuve convencido de que nada vuelve, que el regreso no existe. Ésta era la verdad, pero dolía y entristecía como toda muerte.

Recuerdo que escribí las últimas páginas sin pausa, casi como dictadas, en la noche más fría de mi vida. Vuelvo a lo anotado en el cuaderno de trabajo: "Escribo a dos velas (en esta parte de la casa, en Cercedilla, no hay luz eléctrica), son las dos de la mañana. Desde hace poco padezco de insomnio y he cambiado la hora de trabajar. Noto que estoy sufriendo un fenómeno de ansiedad (leo que ansiedad deriva de *angere:* ahorcar)".

Sentía los dedos entumecidos sobre la máquina de escribir. Nevaba y vi cómo atardecía. Todo era silencio. A través de una pequeña ventana, el campo vecino estaba circundado por una luz quieta, blanca, artificiosa, fantasmal. Llegó imperceptiblemente la noche, y fue más esclarecida que la tarde; luego el amanecer, y cuando sentía que por fin comenzaba a liberarme de la memoria de los muertos, el libro, mi largo adiós, había sido escrito.

Yala, noviembre de 2000
Héctor Tizón

Desde que me negué a dormir entre violentos y asesinos, los años pasan.

Todo parece simple y claro a lo lejos, pero al recordarlo mis palabras se convierten en piedras y soy como un borracho que hubiera asesinado a su memoria. ¿Cómo es posible que lo que quiero narrar –el derrotero de mi propia vida: una huella minúscula y difusa en la trama de otras vidas– sea tan difícil?

La soledad también enseña a gobernar la lengua. Pero ya no quiero estar solo, ni olvidar ni callar. No quiero que la noche me sorprenda con mi propio rencor.

Cuando decidí partir, dejar lo que amaba y era mío, sabía que era para siempre, que no iba a ser una simple ausencia sino un acto irreparable, penoso y vergonzante, como una fuga. En realidad todas mis partidas fueron fugas. Creo que es la única forma de irse.

Pero antes de huir quería ver lo que dejaba, cargar mi corazón de imágenes para no contar ya mi vida en años sino en montañas, en gestos, en infinitos rostros; nunca en cifras sino en ternuras, en furores, en penas y alegrías. La áspera historia de mi pueblo.

I
Una huella minúscula y difusa

En el andén de la estación sólo estamos tres personas esperando el tren. Es de mañana temprano pero el sol alumbra ya lo que está más alto. El jefe de la estación tiene puesta su gorra y se asoma de vez en cuando por la puerta de la oficina. Un perro, somnoliento, está echado junto a uno de los bancos pintados de verde. Entre los que esperamos hay una india obesa de edad mediana, con sombrero masculino de cuyas alas parecen colgar dos negras trenzas, que no abandona su cesto de mimbre cubierto con un liencillo. El otro es un hombre sin más atributos ostensibles que sus zapatos colorados y un hirsuto bigote negro en forma de triángulo isósceles, prolijamente recortado. Sobre el muro de la estación, entre dos puertas, hay un cartel que comienza con la palabra DENÚNCIELOS. El cartel tiene los colores de la bandera nacional.

Ya en el tren la mujer del cesto de mimbre desaparece y el hombre del bigote, a mi lado, en un tono más bien objetivo, como tentando el terreno, dice:

–¿Al Norte?

–Sí –digo.

–Hago estos viajes seis veces por año, más o menos. Soy viajante de comercio. ¿Sabe usted? Jabones y grasas. Antes era político, también.

El tren comienza a subir penosamente. Ha avanzado la mañana y el ambiente es cálido y luminoso dentro del vagón. El viajante se llama Elbio C. Sanromán; cuando lo dijo me entregó su tarjeta. Pero no ha intentado saber mi nombre.

–Toda mi vida he pasado yendo y viniendo por aquí –dice–. Tengo un buen pasar, pero no llegaré a rico. Nadie puede enriquecerse tratando de vender cosas a gentes sin envidias... ¿Le molesta si me descalzo?

Le digo que no.

En Volcán esperamos el cambio de locomotora, en tanto el resto de los pasajeros se abalanzaba sobre los módicos puestos de comidas junto a la estación. Recordé entonces, muchos años atrás, los convoyes con tropas bolivianas repatriadas durante la guerra del Chaco; rostros macilentos, indígenas uniformados como agónicas comparsas, mirando a través de los cristales de los mismos vagones el regreso desde una pesadilla de estruendos y de muerte; mirando, también, petrificados ojos de antiguos charcas, titicondes, socabacochas, cachuyes, ostionas, estolacas; los maíces, las habas, las humitas, las sajtas, los higos henchidos leves y maduros como un beso, y los jarabes y alojas de algarroba y quirusilla; los vendajes de mugre sanguinolenta, las bayonetas, las insignias de mando, que allí venían a ser sólo alamares inútiles, doradas pompas fúnebres.

—Si quiere usted orinar, o algo, hágalo aquí —dice el viajante—. Entre los pastos, o en el excusado. Más adelante, hasta Humahuaca no tendrá lugar. Yo lo sé porque vengo haciéndolo desde 1943. Enseguida estos coyas atracan el baño... Vea usted, todo el mundo habla de la educación, las buenas maneras, la buena letra y todo eso; pero nadie se ha fijado en la filosofía de la mugre, de la inmundicia como forma de vida, salvo los antiguos. Fíjese, los coyas pueden ser sucios, pero desprecian al chancho. No crían ni comen chancho, así como los turcos y los judíos... Lo sé porque al principio he intentado ser vendedor de jamones.

El sol, que alumbra ahora desde el poniente se ha aposentado en el vagón y a todos nos adormece con la antigua molicie del mundo. Sólo el tren aparenta moverse, deslizándose sobre la tierra parda, apenas manchada por rastros de escoria, o por una prieta manada de llamas de ojos concupiscentes —vehículos del "villano nitrio" de los antiguos amos barbados que confundieron el amor con la codicia. Y más allá los hichares que, encendidos, fueron la llama viva de este mundo, fuego de los metales, efímera lampistería de monarcas y usureros.

—¿Quiere un trago, usted? —dice el viajante—. Lo veo más tranquilo, apocado, como si se estuviera preparando para ser otro. El bigote geométrico parece más sutil, algunas hebras de canas benefactoras rayan sus patillas. Acepto.

—Llegaremos como a las siete —dice—. Me quedaré allí. ¿Y usted?

No hallo qué decir. Digo:

—Yo también.

Afuera no hay sombras ni luces; ni un árbol. Sólo muy de vez en cuando se adivinan las cuatro o cinco casas de un pequeño pueblo rodeando la iglesia —también abandonada—, único lujo de los pobres, o los cementerios en los altozanos barridos por los vientos, diezmados por la erosión y el olvido, como necrópolis persas.

Sé que estoy huyendo hacia adentro, hacia el invierno en este andar, como un exorcismo. ¿Pero dónde están el agua clara y el pan y el vino tibio, el denso almíbar de los higos? Sólo veo estas tierras castigadas por la sal, estas piedras manchadas por una recóndita riqueza, pulidas por la intemperie, observo los rostros de mis compañeros, a bordo del tren, sus ojos aparentemente inexpresivos, invencibles, sin ansiedad ni esperanza, abiertos y desvelados, que a pesar de todo arden leve y firmemente, y callan, como si el vivir fuese un ejercicio disciplinado, una armonía inconsciente y un descanso.

A mi lado el viajante de comercio parece dormir. De pronto alguien en el vagón enciende una radio y suena estridente una marcha militar. Enseguida la radio calla y todo queda como antes. También yo dejo de hacerme preguntas, pero no es fácil callar cuando nuestra conciencia lucha por obligar a la sangre y a las lágrimas a prevalecer sobre la vergüenza y el hábito.

Recordé otra vez lo que iba a dejar. Mi casa, edificada como quien planea su propia grandeza, mis perros, el secreto susurro de las hojas del parral en el patio, mi lugar de trabajo frente al fuego alimentado por esa leña cortada para muchos años y que no a toda vería arder. ¿La libertad acaso es no tener nada? ¿Y sí, como sucede, también los verdugos y los violentos tuvieran razón? Mi ánimo se resquebraja como una tierra seca, pero quiero ser libre y confesarme, ejercitar esta dura virtud sobre otros pechos para después, descargado de todo escándalo, emprender el camino más arduo.

Cuando desperté me di cuenta de que había llorado en sueños. El viajante de comercio no

estaba en su lugar. Las lamparillas de los vagones eran apenas manchas de luz mortecina y el
tren rodaba lentamente hacia la noche.

Por fin llegamos. Llovía.

—¿Usted tiene dónde ir?

Dije que no, que me daba lo mismo.

—Vámonos al Numancia. Es un excelente
hotel, recién pintado.

En el trayecto desde la estación tuvimos
que ahuyentar a una docena de chicos que pre-
tendían llevarnos las valijas.

Todo el mundo recibió a Sanromán como a
un deudo querido y esperado. Nos dieron una
misma habitación con dos altas camas de hierro, un ropero, una mesa, jarra y jofaina enloza-
das. Todo en el cuarto tenía el aspecto de haber
sido amontonado, como en un depósito de
muebles. Sanromán no perdió tiempo. De su
valija sacó una toalla y un peine, se mojó los cabellos y se peinó cuidadosamente.

—Aún se podrán hacer algunas ventas —dijo—. Nos veremos para cenar.

También yo salgo del cuarto y voy hasta el
salón. Allí no hay nadie ahora.

Sentado junto a una ventana contemplo cómo cae la lluvia; es un típico aguacero tropical
que se ha descolgado de pronto sobre Humahuaca. No obstante esa inclemencia, concurrir

a la estación cuando los trenes llegan o parten es un rito que muy pocos dejan de cumplir. Desde el hotel a la estación hay tan sólo unos setenta metros de distancia, que es recorrida por gente silenciosa, completamente empapados, mujeres con la *guagua* a cuesta, vecinos de chambergo, muchachas ágiles que se resguardan el peinado con hojas de periódicos. También desde el hotel alcanzo a distinguir parte del andén, ya casi atestado de gente y de perros.

Durante todo el día siguiente esperé el camión que debía transportarme hacia adentro de Rinconada y desde allí hasta el *puesto*, vecino a la gran laguna. En esta espera no me quedaba otra distracción que vagar por las calles del pueblo o detenerme en los confines a mirar en dirección de las montañas engañosamente cercanas.

Aquí, en estas tierras, el día y la noche son como dos mundos cortados rotundamente, mucho más que en el país del Sur, donde el día se prolonga en la noche y los hombres siguen siempre iguales en la vigilia y el sueño, sin pausas. Durante el día brilla el sol del trópico y las palabras de las gentes son casi tan espontáneas, difusas, como en las tierras bajas; de noche, en cambio, reina el frío y el silencio y las palabras son escasas, opacas, sólo exorcismos de la memoria.

En esta mañana precisamente el sol resplandece como nunca. En la galería del hotel, sobre el patio empedrado, zumban las moscas en el aire luminoso sobrevolando las macetas floridas. Desde temprano se oye el tráfago intermitente de las mujeres que van y vienen en sus quehaceres: alimentan el fuego, hierven los caldos en los peroles y el aire huele a cebolla, orégano, ajo y especias. Cumpliendo temerarias ostentaciones de equilibrio, por momentos patas arriba en el aro colgado, un loro facundioso, entre ridículo y solemne, como un obispo ebrio, pronuncia palabras deshilvanadas y enigmáticas. El loro guarda un hondo rencor por el gato, fofo y negligente, que dormita sobre mesas y sillas. Entre ambos mantienen un duelo de por vida que no llega a mayores por el diligente cuidado de sirvientas y huéspedes; cuando el gato está a punto de atacarlo, el loro escandaliza hasta que alguien sofoca la pendencia.

También en la galería hay un mirlo que canta enjaulado en métrica alejandrina. Cuando la brisa mueve apenas la jaula, el mirlo, aterrado, se agarra de las rejillas con sus patas y sus alas desplegadas.

Antes de salir, sentado junto a la ventana, observo la calle. Un hombre alto, semiencorvado, cruza la plazuela llevando un bulto debajo del brazo.

Voy por segunda vez hacia el lugar donde llegará el camión que ha de llevarme y desde una esquina veo al viajante de comercio entrar en el cuartel de la gendarmería.

Cuando la calle se acaba sigo caminando por el descampado sembrado de piedras y cardones. El cielo está muy alto y sin mancilla. A mucha distancia ya de la última casa me tiendo sobre las piedras, cierro los ojos. El viento trae, a ráfagas, las voces de unos chiquillos que juegan y en esos ruidos adivino a veces, esforzada y melancólicamente, algo así como las ganas de vivir los últimos momentos del mundo. Tendido de este modo la inmortalidad no espanta, tampoco Dios, en esta extremidad de la Tierra; únicamente mi soledad me avergüenza.

Me levanto y regreso cuando el ritmo del viento, al acentuarse, anuncia el atardecer. No tengo hambre ni sed. Dos chivos, asomados sobre el borde de una peña me miran como jueces de un tribunal incompleto y desdeñoso; les arrojo una piedra y huyen, y al hacerlo siento una insólita alegría. Nadie puede soportar permanentemente demasiada incertidumbre, y aún puedo jugar, cambiar de ánimo con un gesto.

De pronto se han acumulado las nubes y un tren rueda a lo lejos. Al doblar la primera esquina, en un terreno baldío donde hay un molle coposo, veo otra vez al hombre alto y encorvado que había visto atravesar la plazuela llevando un bulto. El hombre, apoyado en el árbol llora; junto a él, en el suelo, está el bulto, un pequeño féretro, aún vacío, recién fabricado por el carpintero.

Cuando estoy de regreso en el hotel, el sol ha desaparecido y hace frío.

Dentro del salón estamos tres o cuatro, en silencio, pendientes de las pequeñas llamas de una vieja estufa inglesa de fierro. De la radio, colocada en el hueco de la estantería entre hileras de botellas, sale un murmullo mezclado con trozos musicales ininteligibles y torvas descargas. De esos ruidos nadie hace caso. El patrón ha tocado las manos y ésa es la señal que da por terminadas las partidas de billar; los jugadores —en ese momento tan sólo uno, que jugaba consigo mismo— deben abandonar las mesas. El patrón bate las palmas y dice: *Basta ya, está bien, llegó la hora.* Es español y todavía no ha aprendido la economía de las palabras que esta tierra impone. Sanromán es quien está más cerca de la estufa. "Para los males del corazón no hay nada peor que el frío" —ha dicho—. "Todo se pone duro y rígido, y la bomba trabaja más." Al corazón le llama bomba y eso le divierte. También le divierte repetir la siguiente incógnita: "Éste es sólo el primer día y me ha ido bien, como siempre. Es algo que nunca entenderé. Que se venda grasa en cantidad, es absolutamente comprensible; pero que yo venda también jabones a estos puercos que no conocen el agua es algo que nunca entenderé".

—Mi mujer era celosa —dice luego—. Es lo peor que pudo pasarle: ser mujer de viajante y ser celosa.

Después, acomodándose frente a la estufa, agrega:

—Lo mejor para el corazón es tener calientes los pies. Hay que tener calientes los pies y el estómago, y reírse de la muerte.

Se frota las manos y pide un último trago al patrón. Enseguida bebe de un sorbo lo que le dan. Tose, escupe y pisa el escupitajo hasta hacerlo desaparecer contra el suelo.

Pocos minutos después llega un gendarme al hotel; Sanromán lo ve en la puerta y se apresura a ir a su encuentro. Hablan en voz baja y enseguida salen juntos.

También los otros abandonan el salón y el propietario aprovecha para apagar las luces.

Mi cama en la habitación es tan alta que, al sentarme, no llego al suelo con los pies. Hay una sola bombilla de luz, pálida y parpadeante.

Pienso en mis perros como un hombre rico a punto de morir piensa en su dinero. ¿Lo que buscaba valía la pena de abandonarlos? Tal vez allá ahora llovía y ellos, ante las puertas cerradas de la casa, ya no tendrían más remedio que echarse a vagar al ver que la hierba comenzaba a crecer descuidada y el estanque de aguas verdes se llenaba de espuma de sapos. Vestido como estoy me acuesto, pero hallo la cama dura, fría y desigual. No hay nada que evoque mejor la ausencia que un lecho desconocido y ajeno. Todas las cosas, el más humilde de los enseres que rodean nuestra vida, al igual que muchas circunstancias banales, tienen más trascendencia, mayor poder evocador que las ideas. Mi padre y mi primera maestra estaban secretamente enamorados. Recuerdo un día gris, como el de hoy, cargado de presagios tormentosos. Todos jugaban a los naipes. Entre el final de una partida y el comienzo de otra, mi madrastra y la madre de mi maestra salieron en busca de más té. Nadie se fijó en mí. Junto al ventanal, mi padre y mi maestra miraban hacia afuera cuando una descarga atronó y un relámpago cruzó el cielo. Ella ahogó un grito y se abrazó a mi padre, después por un momento sus manos se estrecharon. Desde entonces para mí las tardes grises, las tormentas con descargas y relámpagos sólo evocan la tierna ambigüedad del amor. También yo estaba enamorado de mi maestra.

En ese momento Sanromán regresó. Parecía nervioso.

—Me han dicho que ese camión de la mina que usted espera, no ha de llegar hasta el lunes —dijo.

No pregunté quién se lo había dicho, quizá sólo por no arruinar mi propia hipótesis. Y agregó:

—Todavía no me acuesto. En estas noches claras nunca me acuesto antes de que empiece a helar.

Entonces se quitó el revólver que tenía oculto en la cintura —un viejo Colt—, se puso una tricota más y se echó encima su descolorido poncho azul. Quedé otra vez solo en aquella habitación recién pintada de un horrible bermellón con zócalo negro. Sobre la mesa Sanromán había dejado abierta su traqueteada valija de cartón. La mía estaba junto al ropero donde al llegar la había abandonado. Me senté en la cama y traté de pensar en algo coherente y ajeno, pero no pude. A poco ya me sorprendí distraído, contemplando las patas del ropero posadas en sendos platillos de latón —ahora sin agua—, protección contra las hormigas del improbable verano. Desde la cocina, a los fondos del gran patio llegaban voces y risas. Volví a encender un cigarrillo y me asomé a la galería poblada de macetas con geranios. Por las ranuras de los postigones, en una habitación contigua, se colaba hacia afuera una luz difusa. Sentí por un momento ganas de acercarme sigilosamente hasta allí, para espiar. Pero no lo hice. En la soledad siempre podemos ser otro. En esos momentos ya seguramente, en mi pueblo, todos sabrían que me había ido de pronto, y se preguntarían por qué. Las conjeturas habrían empezado a deslizarse en una dirección y otra igual que las simientes cuando empieza a soplar el viento. Muy pronto todos hablarían de mi desaparición como de una fuga hacia la frontera. Quizás había cometido una estupidez sin enmiendas, puesto que, como todos los que se van, ya no podría ser el mismo. Había defraudado la confianza de los otros. Los que nos conocen siempre buscan en nosotros sólo aquello que les conviene, un aspecto de la fama que sirve para completar la propia, y yo me había prodigado de ese modo, pasivamente, por indiferencia, por un oscuro sentimiento de orfandad, o por cobardía. Así es como había dejado pasar la vida.

Las voces en la cocina eran por momentos más altas y las risas más destempladas. Un perro se puso a ladrar pero alguien lo golpeó y el perro huyó quejumbroso.

No regresaré, me dije. No volveré nunca más, pero debía ser cauto. Este mismo compañero de viaje ¿quién era? Traté de recordar qué era lo que le había dicho de mí. Poco, casi nada. Sanromán era demasiado locuaz, y lo había visto entrar en el cuartel de la gendarmería. También él mismo había confesado no ser un simple viajante de comercio: "Antes" –dijo– había sido político. Ya no podía retroceder y además estaba solo. La duda nos hace más lúcidos, pero también nos envilece.

Ya no existía la luz que se colaba por las rendijas del cuarto vecino. También la cocina estaba pacificada. De pronto me fijé otra vez en la valija de Sanromán y decidí revisarla. ¿Qué esperaba hallar? Camisas impecablemente limpias y gastadas, otro poncho, un ejemplar del Código de Comercio forrado con papel de diario, unos calzoncillos y, de pronto, un vestido con dibujo de flores y un par de zapatos de mujer. En un principio supuse lo peor. Sin cerrar la valija y a riesgo de ser sorprendido conjeturé absurdas hipótesis, visiones en las cuales Sanromán, disfrazado de mujer, con los labios pintados bailaba en las carpas de carnaval. Cerré desordenadamente la valija. Miré hacia afuera; ahora el patio estaba iluminado por la luna. Encendí otro cigarrillo, me abrigué con mi poncho y salí a vagar por los vacíos callejones.

A la mañana siguiente estaba ya el camión que me llevaría lejos, apartándome de la ruta de casi todos.

Era un camión alto, fuerte y viejo. El chofer, un mestizo gordo de tez brillante y lampiño observaba el motor.

—Está frío —dijo—. Repondremos el agua y

vamos a salir cuando escampe. Ahora mismo la niebla está muy bajita.

Regresé al hotel a recoger mi valija. Allí aún no había nadie levantado, salvo en la cocina, donde el bullicio comenzaba a renacer. Sanromán no estaba en la habitación y el desorden de su cama era el propio de quien ha padecido insomnio o sueños inquietantes. Cerré mi valija, sin olvidar el libro que aún no había abierto y salí al patio. Tampoco había nadie allí. Me iba ya cuando escuché que me llamaban. Era Sanromán desde la puerta de la cocina. Pensé de inmediato que había estado esperando ese momento, o espiándome.

—¿Se va ya, en ayunas? Venga.

En la cocina, grande y tibia se estaba bien. Allí sólo había una vieja, atizando el fuego con un fierro. El loro en su aro y el mirlo en un rincón oscuro, evidentemente custodiados por la vieja, guardaban silencio.

—Déle usted a este viajero un cafecito, o lo que guste, doña —dijo Sanromán—. Siéntese —agregó.

Yo apenas si dije una palabra. La vieja se comportaba con la indiferencia o el orgullo aparente de los sordos.

—Me voy —dije, por decir algo.

—Sí. ¿Del todo?

Lo miré en ese momento, creo que por primera vez desde la noche.

—Perdóneme la pregunta –dijo–. Sé que eso nunca se sabe. Yo también me estoy yendo, sólo que a cada rato. Y así uno jamás se va.

La vieja trajo dos grandes tazas de café y un bollo pesado, de harina blanca. Luego fue hasta donde estaba el loro, le dio una monda de papa y se sentó lejos, frente a la única ventana.

Sanromán volvió a hablar:

—¿Qué dice ese libro que lleva?

—No lo sé. Aún no lo he leído.

—A mí también, antes, me gustaban; pero los de historia nacional y antigua, y los de versos. Yo también he sido medio poeta.

El café era horrible. Miré al viajante, esta vez descuidando mis reservas.

—Sí –dijo–. Así es. Pero es difícil hacer versos en estos descampados; y para peor, cuando uno es solito. ¿Usted también anda solo, no?

Pero otra vez sentí que no me gustaban sus preguntas y tampoco hallé una respuesta que no fuera desatenta. Callé. A sorbos forzados tragué buena parte del café, para no ofender y pellizqué el pan.

Ya casi era media mañana pero el chofer seguía demorando la salida, trajinando en quehaceres aparentemente inexplicables. Cargó en el camión dos bolsas de harina, un cajón de clavos y una caja de velas, luego volvió a descargar las bolsas de harina y trajo rodando desde el almacén un gran rollo de alambre. Al final volvió a subir las bolsas de harina y una maltrecha jaula de madera con tres gallinas.

—Comeremos un poquito y de ahí salimos, señor —dijo más tarde.

—Coma usted —dije—. Yo esperaré aquí.

Al cabo de una hora el chofer regresó y por detrás de él un indio viejo.

—Ahorita nomás salimos, si usted quiere. —Y agregó—. ¿Podría venir este anciano con nosotros? Él va hasta cerca de Orosmayo.

—Vamos —dije.

—Ya mismo —dijo el chofer—. El viejito busca su alforja y luego salimos. Mientras, tómese una cervecita, jefe.

Decidí hacerle caso. El anciano se fue trotando.

La luz del sol era ya deslumbrante de modo que tardé unos segundos en ver a Sanromán, que se puso de pie junto a una de las mesas en el bar desierto y me llamaba.

—Está de Dios —dijo Sanromán.

—De saber esto hubiera seguido en el tren —dije.

—¿Le daba igual?

—Sí.

Tres moscas revoloteaban y volvían a posarse en los restos de cerveza derramada en la mesa. En la radio, detrás del mostrador, sonaba otra vez un acorde militar.

Me sentía vacío; la impaciencia y un cierto desamparo me habían ganado y sólo veía como remedio estar en otra parte. Una vez más, quizás, había elegido erradamente mi camino. Trajeron a la mesa una botella y un vaso cuando Sanromán habló:

—Estoy arrepentido de lo que dije.

Mi sorpresa debió brillar entonces como un cuchillo porque él se animó más que otras veces.

—Sí. No es verdad que no pueda hacer versos por culpa de esta tierra. Lo grande y lo pequeño no existe si miramos bien. Sólo que yo, a causa de mi oficio, he perdido el escozor. No se puede ser poeta ni orador cuando se anda vendiendo cosas. Pero, además, tampoco soy solo. Tengo aquí una hija moza, que se ha juntado con uno de la gendarmería; ella no lo sabe, pero lo sospecha. De vez en cuando le traigo unos regalos a la moda. ¿Usted cree que debo decirle que soy su padre?

Ya no puedo dejar de mirarlo y ahora lo veo como si fuera un hombre joven y viejo al mismo tiempo. Digo que me parece que sí, que tal vez sí.

—Se equivoca —dice él—. Ella no sería más feliz. No le falta nada ahora, y en eso de los sentimientos a veces es mejor lo que parece que lo que es.

Un rato después, el chofer, el anciano y yo nos zarandeábamos a bordo del camión que, envuelto en una nube de polvo, dejando atrás las últimas casas enfilaba hacia el Oeste.

Durante buena parte del camino —arruinado, atravesado de vez en cuando por huellas hondas abiertas en los deshielos— un cóndor volando nos siguió. El cielo estaba muy claro y el aire transparente; el cóndor, muy en lo alto, parecía por momentos inmóvil, asombrado y vigilante y el camión era como su propia sombra deslizándose por el páramo.

—¿Es buena señal? —pregunté. El viejo, que viajaba atrás, se había cubierto la cabeza con su poncho y era así como un bulto más. El chofer, sin dejar de observar el camino, dijo:

—Ni buena ni mala. No se ve.

—¿Qué es lo que no se ve?

—Su cabeza. Según como menee su cabeza.

—¿Y eso cómo se sabe?

—No se sabe. Tal vez sólo por el espejito nos sigue. A ellos les gusta el relumbre, como al rayo. Donde lo ven, se tiran. Eso fue la perdición de mi compadre don Domingo Sánchez, que en paz descanse. El ya estaba malito, perjudicado del hígado, de los riñones; tenía el corazón grande como un cayote de tanto respirar cortito por el mal de mina, y decía que no veía, que se le anublaba la visual. La Compañía le dijo: "Tenés que ir a hacerte curar bien", y lo arregló. Con esos pesos se puso a zoncear: se compró un traje azul, se compró zapatos y se encargó unos anteojos, unos grandes, que brillaban como espejos de samilante. El dinero lo mareó. Vendió sus tres burros, las gallinas y al perro lo regaló. Antes de irse le dimos la despedida y al amanecer se subió a su bicicleta y salió andando. Se habrá dormido en medio de la pampa, solito con los anteojos puestos. Ahí fue cuando el pájaro, al verlo inmóvil bajó y le picoteó los vidrios y los ojos y él se quedó muerto por el desangre. Aquí, cerca. A lo mejor éste sea el mismo, comedor de ojos.

No una vez sino muchas había andado por estos caminos. Pero ahora todo me parecía nuevo y quería atraparlo de un golpe. Sentía la garganta seca, el pelo revuelto, electrizado, los pies fríos. Entonces también sentí que odiaba a este pueblo, a esta gente pobre y resignada; a este país lleno de sol y de sombras.

Al atardecer llegamos a la mina. Ya muy pocos trabajaban allí; hacía tiempo que la veta se agotaba y ahora sólo quedaban vestigios, más bien las labores se reducían a aprovechar gangas y escoriales desechados antes, cuando la veta era del grosor de un brazo y de trecho en trecho afloraba.

El edificio de la Administración era chato, de adobe, pintado de amarillo. Me extrañó que nadie saliera a recibirnos. No estaba Aurelio allí, como otras veces, ni Rogelio, su ayudante, cuyas vidas en esplendor y decadencia habían corrido parejas con la del yacimiento. Sólo estaba el capataz, un hombre indolente y flaco, oriundo de Tupiza, y una mujer.

—Se han llevado a Rogelio —dice el capataz—. Y Aurelio se ha ido por detrás.

—¿Se lo han llevado? ¿Pero, quiénes?

—Vinieron ellos y revisaron por aquí, la casa y la oficina; hurgaron por todas partes y se llevaron un montón de papeles y libros. Él era muy leído y tenía todo eso; y un mapa.

—¿Un mapa?

—Sí. Del mundo.

La mujer dijo:

—Por algo será, pues.

—Don Aurelio nos anotició que usted vendría —dijo el capataz—. Patos hay pocos.

—Toditos se van muriendo; pura sal en el buche —dijo la mujer.

—¿Y Juan, está?

—Está —dice el capataz.

A la mañana siguiente, muy temprano, me esperaba Juan con dos mulas ensilladas. Hijo de una india y un hombre del Sur después muerto de cirrosis, Juan nunca se había alejado a más de diez leguas y era analfabeto. En la mano izquierda tenía seis dedos y por ello gozaba de cierta consideración en la comarca.

Amanecía lentamente y el aire, leve y frío, olía a salvia y al humo acre de las yaretas quemadas en la cocina.

Los cerros del Oeste, afuera, apenas si se adivinaban. Adentro, Juan repasaba prolijamente las viejas escopetas con grasa de suri y sus ojos tenían la mirada atenta, autoritaria y calma de un pájaro o de un ídolo de piedra. Por su madre había heredado la habilidad manual de los pueblos alfareros y el sueño breve y alerta de los guerreros y de los siervos.

En poco menos de media jornada de andar llegamos a la orilla de la gran laguna que ya, vista desde media legua, brillaba inmóvil en el páramo. Juan contempló la laguna como por primera vez, pero sin asombro ni urgencia y traté de imitarlo. Sabía que en este país impasible y duro las palabras –recalcitrante y vana tendencia del corazón– son un peligro mayor que el propio vacío.

En un lugar seco aflojamos las cinchas de las mulas, armé la tienda, encendimos un pequeño fuego y, sentado largo rato en una piedra, observé cómo la brisa encrespaba apenas la superficie del agua. A lo lejos vi un casal de patos levantando el vuelo y preparé la escopeta.

–No –dijo Juan–. Todavía no; no es hora.

Las mulas olfateaban buscando en vano algún cogollo verde entre las piedras.

Ahora Juan se ocupaba en retrenzar una punta del ronzal con la misma habilidad y atención que había puesto en engrasar las escopetas. Volví a fijarme en aquellas manos oscuras y pensé que la vida eterna alentaba sus movimientos, pasaba por esos dedos como una palpitación incesante; y que eso era también el eco de un ritmo subyacente y oculto, el mismo que acompasaba los sones en las fiestas de vida y de muerte, y así, de pronto, lo vi alzarse y bailar sobre las piedras, inclinarse a un lado y otro levemente, como una rama verde siguiendo el compás de la humazón y del agua en la laguna que ahora brillaba otra vez como una cara mojada

Cuando acabamos de comer el trozo de pan y queso, dije:

–No te has casado, Juan.

–No, señor.

–No te gustan las mujeres.

–Me gustan, pero son escasas. Se han ido todas, y las que vuelven no valen ya para servirlas.

–¿Por qué no te has ido de aquí?

–Quién sabe.

No insistí para que Juan durmiera al abrigo en la carpa; sabía que esta gente cuando va de camino huye de la sombra de los árboles, de las cuevas o de cualquier lugar oscuro y acorralado y prefiere la intemperie para hacer noche.

Apenas amanecía cuando me despertó un disparo seco y atronador. Enseguida –ya fuera de la carpa– vi a Juan regresando con un pato con la cabeza destrozada, en la mano. Fue su único disparo. Había usado ese procedimiento indirecto para despertarme, eludiendo cualquier otra intimidad. Casi de un salto estuve en la orilla de la laguna y rompí con las manos la delgada capa de la superficie helada para lavarme.

El fuego aún vivía bajo las cenizas, pero sin perder tiempo seguí a Juan, que me esperaba agazapado entre unos pajonales. Rodilla en tierra, esforzándome por resistir la ansiedad, disparé; a unos cuarenta metros los perdigones erizaron el agua sin tocar la pareja de patos que, levantando el vuelo, fueron a posarse otra vez a poca distancia. A gatas, siempre entre el pajonal, busqué otra posición y volví a disparar, un tiro detrás de otro. Los disparos resonaban como truenos breves y espantosos y aquellas aves, de vuelo engañadoramente torpe, parecían imperturbables.

Alto ya el sol y con Juan por detrás anduve buena parte de la ribera agazapado, corriendo a veces o arrastrándome entre las piedras. Tenía la garganta seca y un vago regusto a sangre; aguzaba la vista, tensaba el pulso y apretaba el gatillo con el cuidado y la furia de quien se juega la vida en una apuesta irrisoria.

No acerté ninguno de los tiros y a esa hora ya casi todos los patos había volado; al anochecer, recaudados en las sombras, regresarían.

Estaba solo cuando arrojé la escopeta entre las piedras y me tendí, cansado, en el suelo. Entonces me di cuenta de que Juan no estaba. Hacía mucho que había regresado cerca del fuego. Todo estaba inmóvil y en silencio. Sentía ganas de gritar, de llorar y de pronto recordé cuando era niño y junto a mi padre perdimos un tren de regreso y quedamos solos, desamparados en una estación inmensa y desconocida. Lloré aquella vez, no por temor sino porque mi padre, hasta entonces omnipotente y seguro, me había defraudado. ¿Dónde estaba Dios y para qué servía? Desde aquel momento quizá transformaba siempre la autocompasión en odio; y también la piedad ante las injusticias, la violencia, la envejecida mirada de los niños abandonados. No, Dios no era el buen padre, sus dones eran siempre incongruentes y caprichosos. Sentí que odiaba el poder, las ilusiones o el entusiasmo, la soledad, la contemplación recatada, que prolongan la apariencia de la vida.

Recogí mi escopeta del suelo; ya había dejado de ser el instrumento compañero y excitante. Estaba fría, inerte, pesada. Y llamé a Juan dando voces. Pero no me oyó. Cuando estuve a su lado vi que había muerto el fuego con un puñado de tierra y ceñía los aperos de las mulas.

—¿Nos vamos ya?

Respondió sin decir nada.

Me senté en el suelo y miré otra vez en dirección de los pajonales y la laguna, ahora inmóviles.

—Habrás visto, Juan. No sé por qué. No ha sido así otras veces.

Juan, levantando una pata a su mula observó la herradura.

—Estos patos de mierda —dije, y en ese instante sentí que era otro—. ¿Qué habrá pasado, Juan?

Sólo entonces me miró y dijo:

—Usted no les pega porque quiere matarlos.

Las sombras ya eran largas cuando empezamos a andar.

II
El verso perdido

¿Cuál fue el verso de la copla perdido y recuperado al morir? ¿Ese verso era una clave remota, un remedio secreto contra el olvido? Algunos dicen que es el mismo que los brujos usaron como conjuro y que sólo sirve en el último instante. Yo lo buscaba ahora, y aunque nada de lo que vi o escuché durante el camino me ayudaba a descubrir algún indicio, seguí adelante, porque sabía que llamar realidad sólo a lo que vemos es también una forma de locura.

Desde tiempo inmemorial abundaban en esta tierra los holgazanes, bebedores y cantores de coplas. Y así como Aramayo de Yala fue impar para soplar el erke, cuentan que en el arte de parear versos nadie igualó a Belindo de Casira. Mi abuelo, con las imágenes mezcladas por la edad, acostumbraba citarlo como un testimonio prestigioso al recordar su propia niñez, pero también en la mía su historia aún era viva. Por ello es que, o bien el cantor llegó a una edad inalcanzable hasta entonces, o en realidad fueron dos o más los llamados con igual nombre. El pintor aborigen Medardo Quispe lo retrató de memoria al óleo y de perfil (cuadro que luego fue subastado junto con el resto de su herencia vacante y hoy cuelga distraídamente en casa de un ex gobernador); se dice también que la maestra diplomada Anselmina viuda de Garmendia le enseñó a contar, pero tanto ésta como Medardo se volvieron locos melancólicos durante las últimas décadas de su vida y así nada resulta indudable.

Cuando ahora llego al pueblo –unas veinte casas, deshabitadas las más– y pido posada, un anciano me señala la suya.

–Las otras están vacías –dice–. Venga y acomódese en la mía. Toditos cupiremos.

–¿Cuántos son ustedes? –pregunto, por mera formalidad.

–Seguro sólo dos, con usted.

La casa es baja, penumbrosa y fresca como una tinaja, con varias habitaciones y una puerta de cardón que se arrastra al abrir. A través de una ventana no más grande que una hornacina se ve el paisaje, la tierra ancha e inquietante más allá del hondo zanjón del río, en esta época del año sólo un reguero, y contra el cielo las moles blancas del Bonete y el Esmoraca. Más allá de la barranca, de un lado y otro del cauce, crecen matas de queñuas como cuajarones verde oscuro que en ocasiones felices alcanzaron hasta un metro de altura. El resto es paramera.

Transcurren algunos instantes hasta que mis ojos se acomodan a la penumbra y sólo entonces puedo hacer un inventario de la casa. La habitación es baja y espaciosa, revocada con barro, sin encalar, el techo de lama encañado; el suelo es la propia tierra dura y vieja. No sé en qué momento me he sentado en un poyo, también de tierra endurecida, que en adelante me servirá de yacija. Frente a mí el anciano sonríe, o a mí me parece que sonríe. Su pelo es ceniciento, abundante, recortado con torpeza y conserva todos los dientes firmes y manchados por la coca. Su sonrisa y la mirada de sus ojos tienen la gracia mundana y sabia que sólo es auténtica entre algunos campesinos pobres y analfabetos. A pocos pasos de nosotros, en un rincón, descubro ahora una oveja silenciosa, echada en el suelo como un perro.

—Está al parir —dice el viejo—. Si la dejamos en la intemperie y pare, perderá el *sullo* heladito.

En otra de las paredes, junto a una mancha oscura, hay un almanaque viejo de veinte años colgado de una astilla.

—Habrás venido a mercar unos corderitos, decimos.

—No —contesto.

—Pocos tenemos.

—¿Usted conoció a Belindo?

—No son para comprar ni vender —dice el viejo—. Sólo para que estén áhi.

Ya es de noche pero en la vivienda, desde que murió la mujer, el fuego se descuida.

–Para comer sólo tengo dinero –digo.

El viejo regresa del almacén con dos latas de conservas, un bollo y una botella de alcohol con agua. Comemos en silencio, con las manos.

–Se ha muerto –dice mucho después.

–¿Quién?

–Ese, don Belindo. Se ha muerto del todo.

Únicamente de pie alcanzo a ver a través de la ventana la noche inalterable, sin voces ni ruidos. Sólo en las tierras altas las noches son verdaderas. Miro la noche y me doy cuenta de que hacía muchos años no sentía lo que siento ahora. No ya tristeza –que no es más que conciencia de nuestro propio aniquilamiento– sino temor; algo nuevo y remoto que me devuelve a la vida.

El viejo y la oveja aparentan dormir.

Cuando a la mañana siguiente desperté, la claridad del cielo, el sol naciente, el silbo breve y agudo de las tuitilas me dieron otra vez la certeza de que todo valía la pena y de que el hombre es, a la vez, muchos hombres. Nunca había descansado mejor que en esta yacija dura y desabrigada.

El viejo no estaba en la habitación. Salí de la casa, fui hasta el reguero y me lavé la cara. Baló una oveja, a lo lejos y el aire era tan claro que podían distinguirse los menores detalles del paisaje. Nadie asomaba aún pero la vida se adivinaba en las viviendas silenciosas. A mucha distancia, en medio de un corral de piedras, había una vaca overa pastando y una pastora recostada, inmóvil, en el chaflán de una barranca. Comencé a caminar. No sabía qué hacer con este silencio, sin un sólo motivo ni pretexto a qué achacar mis faltas. Me eché el libro en el bolsillo y un pedazo de pan duro. Alguna vez seguramente olvidaré todo lo de allá, los rostros y los nombres y el nombre de las cosas detrás de los cuales mi vida se había atrincherado, pero no esto. Por ahora sólo era como un chivo que hubiera huido arrastrando un trozo de la cuerda.

No fui deliberadamente hacia la pastora, pero de pronto la encontré en el lugar y en la misma postura en que la había visto desde lejos. Sólo que ahora también vi a un muchacho sentado en el suelo junto a un cántaro. Ninguno de los dos se movió pero el muchacho me miraba. Tenía los ojos negros y la cara redonda. Al cabo de unos minutos de estar juntos sin hablar, la pastora hizo ademán de irse.

—¿De qué pueblo son ustedes?

—Somos de don Sixto Tolay.

La mujer volvió a quedar inmóvil en su sitio.

—¿Y esta vaca?

—También.

El muchacho había recogido el cántaro del suelo y lo sostenía abrazado junto a su pecho.

—¿En qué trabajas?

—En casa de mi patrón.

—El es su mozo en casa de ellos —dice la mujer.

—¿Cuánto ganas? —pregunto al muchacho.

—No gana nada —dice ella.

Hasta bien entrada la mañana nadie había salido de su casa, pero en el cementerio se veía a un hombre. El hombre daba dos o tres golpes en el suelo con una pala y luego permanecía inmóvil, largo rato de pie, apoyado en la pala.

En el cementerio había una docena de tumbas, todas muy viejas y únicamente dos o tres con indicios de homenajes recientes: flores marchitas, alguna botella vacía. Al llegar hasta allí pregunté quién había muerto.

—Nadie —dijo el hombre.

El hombre sólo hacía una zanja para reparar el muro. El muro era una pirca de piedras unidas con barro, no más alta que una mesa y estaba en ruinas, desmoronado a trechos.

—¿Para qué?

—Conviene, pues. Hay que encerrarlos, a los finaditos.

—¿Y tan baja la pirca?

—Así no más es.

—¿Así no se escapan?

El hombre por primera vez me observó, con paciencia.

–Así los burros no entran aquí a cagarlos, indefensamente –dijo. Enseguida se escupió las manos y continuó cavando.

Un viento casi frío comenzó a correr, pero al sol de la mañana se estaba bien. Luego el viento cesó y ladró un perro. Saqué un paquete de cigarrillos, el hombre aceptó uno y lo guardó en el bolsillo.

–Usted será el maestro nuevo, decimos.

–No, yo estoy de camino.

–Así nomás será, pues.

Luego, ya sentado, lejos de la pala, pregunta:

–¿Coquita, tendrá?

A la luz del mediodía los cantos de cuarzo desparramados entre las tumbas resplandecen. Otra vez ladra el perro de la pastora.

–¿Don Belindo, está enterrado aquí? –digo.

–Sí –dice el hombre–. Pero no está.

–¿No está? ¿Cuál es su tumba?

–Aquellita, al final. Con la creciente el río se la ha comido.

Miro hacia el lugar y sólo veo un montón de piedras.

–Él era huérfano –dice el hombre–. Regalado.

Belindo había nacido de madre india, muerta no bien el niño estuvo en manos de la comadrona y ella, de arrodillada, se puso en pie. Una hora después estaba muerta.

—Estaba flaca como un palito, puros huesos, con el pasmo.

El niño comenzó a berrear y los que fueron testigos del parto supieron que iba a ser coplero de porvenir.

—¿Cómo lo supieron?

—Por eso. No eran berridos de moco, o de puro asombre, sino berridos de vocales. Ya se sabe.

También por lo que habían puesto a quemar con la placenta.

—No había nada más a mano así que, lavadita, la echamos al fuego del brasero, sin siquiera una moneda, sólo con ese almanaque tan lleno de versos y adivinanzas. Por eso fue. La guagua iba a ser pobre y muy vocacional para las coplas.

Después enterraron las cenizas de la placenta y el almanaque y la madre se murió, sin dar tiempo siquiera a que le amarraran la cintura.

—Estaba tan morado que la comadrona dijo: "Bautícenlo"; maliciando que moriría de angelito.

La tumba de la madre era bien visible, con una cruz de fierro en la cabecera y piedras amontonadas.

—Don Félix fue a traer al cura de Santa Catalina; primero no quería.

—¿Cuál don Félix?

—Ése, de la casa donde estás ahora. Era como a dos días de la fiesta de la Virgen de Asunta. Estaba machadito y no quería. Al final fue nomás y trajo al cura, que se pagó con unos charques de cordero.

Con el sol arriba y el viento de mediodía ya preparándose a soplar, volví a la casa.

—¿Por qué le pusieron Belindo de nombre? —pregunté a don Félix. El viejo, junto al fogón, estaba comiendo mote de habas de una escudilla.

—Era el que le tocaba —dijo.

—¿Qué pasó luego?

—Nada.

—¿Quién era el padre?

Enseguida escuchamos crujir las maderas de la puerta, primero cautelosamente y después con impaciencia. Al final la puerta cedió y entró una mujer joven llamada Rosa con una gallina en los brazos.

—Se había escapado y andaba vagando por el rastrojo —dijo.

La mujer me miró por un instante y luego acomodó la gallina como a un niño en su cuna en el sitio donde antes se había echado la oveja, y se fue.

Al cabo de un minuto salgo también. La mujer, sin mirar atrás apura el paso; el viento es frío pero aún hay sol, que es como una mancha opaca y leve. Mis botines crujen sobre la tierra dura y la mujer, a la distancia, echa a correr.

Cuando regreso es casi de noche. El viejo, que ahora parece más animado y apenas ebrio, enciende una vela de sebo sobre la mesa y nos sentamos el uno frente al otro, sin hablar. El viejo ha puesto una pequeña batea de madera en su regazo y desgrana unas mazorcas. Al llegar la noche el viento se ha calmado y ahora, a través de la ventana, se puede ver el cielo cruzado por un jirón lechoso. El viejo, a la luz de la vela, con sus ropas sin color cubiertas de remiendos, parece aún más desamparado.

Abrí mi libro y traté de leer pero no pude. Lo que buscaba, sin proponérmelo, era la compañía de esta gente como una forma de disimularme, como un salvoconducto para mis propios errores. Los lugares distintos —la paz de los paisajes— no disipan los pesares, sino el amor y la piedad. Observaba al viejo en silencio y era esto lo que hubiera querido decirle —que acababa de descubrirlo yo también— que todo lo que nos confunde y angustia está fuera del hombre: el oro, los monumentos, el poder; todo eso que también los malos y los imbéciles pueden alcanzar.

—Su madre murió de parto —dice el viejo— y justo al cumplirse el año vino la sequía y la inundación. El cura llega y dice: culpas de ustedes, que no han salido a perseguirlos el viernes santo.

—¿Perseguirlos, a quiénes?

—Sí; le decimos que sí. Hemos salido toditos. Pero no encontramos a nadie, bajo las piedras. Pleno día era, para mirar bien y hasta el anochecer buscamos. Justo al momento de largarse el aguacero. Daba grima, primero todo seco y quebradizo, más despúes los corderitos ahogados... Padre cura, le decimos, ahora los pobres estaremos siendo más. Sí, dice el cura: la señal de que Dios existe es que haya muchos pobres infelices en el mundo. Nuestro Señor Jesucristo los quiere más que a nadie y al haber tantos estaremos en gracia. Pero sólo ustedes tienen la culpa, por no haberlos perseguido, ha dicho.

—¿A quiénes? —pregunto.

—El viernes santo, a los judíos —dice el viejo.

Una de las historias que había oído contaba que al cumplir dos años de edad, Belindo fue abandonado en una cueva, cerca de Sapocala. La cueva era un laberinto. Allí el niño estuvo varios días sin comer, durmiendo. Cuando despertó vio a su lado una araña de aquellas que llaman apazancas. La araña había estado esperando que despertase y cuando le vio los ojos abiertos comenzó a caminar delante suyo y a echar una baba luminosa. El niño, guiado por la baba de la apazanca encontró la salida. Después una pastora lo recogió.

Don Félix, sin dejar de desgranar los maíces, pregunta:

—¿Ese libro que tenés es el que leen los curas?

Me parece que los ojos del viejo a la luz del velón brillan con malicia.

—Sí —digo—. Ha de ser el mismo.

Tendría unos nueve o diez años. Recordaré siempre el polvoriento edificio de la escuela, el patio de recreo con un molle al centro y la acequia del costado donde croaban las ranas en las mañanas de invierno. También el cuarto donde había una tinaja con los restos de una momia india. Ésta era la casa del Diablo, nuestro lugar de castigo. Cuando cambiaron al maestro, el que vino derrumbó las puertas de aquel cuarto y tiró al vaciadero el tinajón con la momia. "No hay diablos", dijo. "Donde hay libros no hay diablos." Y estuvo hablando de esto durante mucho tiempo. Los libros aclaran la mirada, y cuando el hombre ve los diablos desaparecen.

Toda mi vida anduve detrás de esta quimera.

Con frecuencia estamos tristes y alegres por la misma causa; esto ocurre quizá porque desempeñamos muchos papeles a la vez, todos válidos, pero en el fondo ninguno alcanza a transformarnos totalmente. ¿Quién o qué nos gobierna? Buscamos un paisaje para vaciar en la contemplación nuestras inquietudes, pero eso no basta porque allí no están los demás, los otros hombres, y también las bestias, la trampa oculta del cazador, la palpitante ansiedad que nos da la certeza de vivir.

El viejo Félix duerme, inmóvil como una piedra. Para los hombres como él sólo hay días y noches. Dios vive con ellos como un accidente más. No preguntan ni huyen; y cuando duermen –puesto que el sueño, como la muerte, iguala a todos– son libres.

En sucesivas oleadas otros hombres y otros dioses llegaron a quitarles lo que había en sus tierras, y al final se fueron llevándose todo. Pero únicamente lo que no importaba.

¿Por dónde vagará este viejo en sus sueños de piedra? Me levanto temblando pero no hace frío y salgo a la intemperie sin hacer ruido; afuera la noche también está templada. Un zorro, que acechaba atraído por el señuelo de la gallina, huye en la oscuridad.

Hace ya mucho que he clausurado las puertas de mi casa, pero la sombra de sus tejados, los rincones ocultos entre pinos y limoneros que en las mañanas, según alumbrara el sol, iban transformándose, de igual modo que las alegrías o las penas cambian el color de los ojos, aún me persiguen y viven en mí como un susurro en la cabeza de un loco. Aquí no han llegado aún las patrullas ni los estruendos. Únicamente hay viejos que parecen saber de la historia del mundo sólo un fragmento, aunque aparentemente no sea el mismo. Algunos, muy pocos, me conocen de cuando llevaban sus papeles a mi despacho en busca de entablar un pleito: descaecidos infolios, testimonios incompletos con rúbricas y sellos ilegibles que guardan como reliquias.

¿Pero en verdad me interesa esa historia de Belindo que parezco empeñado en averiguar?

Tomasa, la dueña del almacén, viuda de un modesto contrabandista, ha declarado anteayer por la tarde:

—A él no le picaban las avispas. Ni los tábanos. Se comía los tábanos y así estaba gordito. Por eso es que el turco lo recibió de regalo.

El turco Hassan, propietario de Rinconada, tenía un panal de abejas y lo tuvo bajo su guarda. Todas las mañanas, no bien asomaba la resolana iba el niño al panal y liberaba a las abejas, que le seguían por todas partes porque él imitaba sus zumbidos.

—Era el pastor de abejas —dijo la mujer—. Belindo les cantaba muy quedito la música que a ellas les gusta y así ninguna se alejaba. Sobre sus orejas, su cabeza de él iban, y sobre su pelo. Después volvían para hacer la miel que poner en las tinajas. Así ha aprendido a manejar su lengua y su garganta, y también haciendo gárgaras. Pasaba las tardes bajo los arbolitos en la acequia haciendo gárgaras. No sabía hablar, ha aprendido ya mozo. De milico recién.

—¿De milico?

—Sí. Sólo cantar sabía. Después los milicos le han emprestado una corneta para que sople fuerte, como él sabía soplar.

Rosa, la mujer de la gallina, que esperaba entre las sombras del almacén junto al mostrador, dijo también que así fue.

—Tenía su pelo color de la miel, con rulitos —dijo Rosa—. De sólo estar se le hacían. Por eso don Hassan le ha dicho: "Abajáte los pantalones", para ver qué era. Y entonces la mujer entrando lo ha aporreado mucho al turco, para que escarmiente.

Por aquel entonces la iglesia de Rinconada tenía cura propietario y formó un coro de niños. En la primer misa cantada la voz de Belindo, sin que él se lo propusiera, comenzó a elevarse tanto que los demás enmudecieron y él siguió cantando solo, cuando ya hacía mucho que la música del órgano había cesado.

La viuda del contrabandista dice:

—Y después se había vuelto como un loco, corría entre los cerros y cantaba y también cuando estaba echado.

—Ya mozo —dicen—, Belindo escapó de la casa del turco para desaparecer frontera afuera.

Mucho tiempo después reapareció por el pago convertido en maestro coplero y tañedor de charango y vihuela.

Ahora somos dos los huéspedes en la casa.

El viejo buscador de oro que ha alojado don Félix duerme desde el atardecer anterior sobre un jergón junto al fuego con la cara escondida por su brazo. Calza botas claveteadas, pantalón de picote y un viejo chaquetón de piel gastado, casi andrajoso. Su cabellera, descompuesta, ralea, pero su barba amarillenta, descolorida, es abundante. El sol, penetrando por el ventanuco avanza hacia el hombre dormido y le lame la cara; el hombre mueve el brazo y descubre su cara que yace contra el suelo, tiene los ojos cerrados pero parece sonreír. ¿Es verdad que dormimos? ¿Es que realmente no oímos, aún en sueños, el sonido del cuerno en el páramo? ¿Acaso no hay siempre una luz alumbrando en nuestra casa? El hombre es también como una casa. Una casa dormida.

Don Félix está en cuclillas junto al hombre y lo contempla. "¿Quién es?", pregunto. Él no lo sabe. Ha llegado anoche a pedir posada. Pongo un cazo con agua a hervir, al que agregaremos un poco de alcohol. Cuando el minero despierta bebe ese menjurje de un par de tragos. Sonríe y quiere hablar pero ha olvidado momentáneamente nuestro idioma y el suyo propio está amortiguado. Se incorpora entonces penosamente y de pie intenta abrazarnos tímida, torpemente, como un hombre solitario. Tiene ojos claros y una mirada de loco manso. ¿De dónde ha venido? Extranjero, su acento neutro no lo delata. Pero no es turco ni boliviano, ni siquiera chileno. De niño solía ver de vez en cuando estos ejemplares que llegaban a Yala, se instalaban junto al brete de la hacienda y, por unos centavos, remendaban cacerolas. Había aprendido a cuidarme de ellos, puesto que según mi madre tenían por costumbre robar niños para comérselos.

Rosa ha venido a traernos tres huevos, son los de la gallina vagabunda y nos pertenecen, dice. Los ha puesto cuidadosamente sobre la mesa, junto al trozo de pan duro y el candil. Al verlos allí, blancos, relucientes, me di cuenta de que jamás había visto otros, que no los conocía y que ese acto recuperaba en mí una parte adormecida o muerta, que aquellos huevos eran milagrosos, como la lluvia o como Dios, como un relámpago que una noche lejana y perdida enfiló entre las copas de los eucaliptos.

El viejo buscador de oro mastica su acullico y arma un cigarrillo entre sus dedos aparentemente torpes. Ha viajado mucho por este país, desde aquí a Tupiza y Huyuni, desde Tarija a

Yavi, de Yavi a Coranzuli, a Susques y también estuvo una vez en la ciudad de Salta: en tren, a lomo de mula, pero sobre todo a pie; conoce los pinares y el membrillo, la remolacha y los bananos pero, como todos los grandes viajeros, es escéptico. Ha oído hablar de Belindo.

Don Félix me mira y sonríe. También Rosa, que se ha quitado la pañoleta de la cabeza y deja al aire sus gruesas trenzas negras. Ahora con la resolana la descubro joven y erguida sobre sus pies pequeños; sus caderas son fuertes y contrastan con su pecho de adolescente.

Ya es media mañana cuando un llamado que viene de lejos nos une a todos. Alguien, corriendo y dando voces dice que ha encontrado una llama malherida. El hombre que había visto trabajando en el cementerio está ya en el lugar cuando nosotros llegamos. El animal está sentado entre las piedras, tiene las patas delanteras destrozadas y nadie reconoce sus señales.

—Debe de haber sido anoche —dice el sepulturero—. Ya no se agita, está descansadito.

La llama nos mira a todos con ojos serenos y luego mira a lo lejos. Un leve estremecimiento recorre su cuerpo sin embargo cuando el viejo Félix la abraza para palparle el cogote y el pecho; el animal ni siquiera intenta levantarse.

—Está queriendo morir —dice el viejo. Alguien le pone un cuchillo en la mano y enseguida un borbotón oscuro surge del cuello. La llama se conmueve y sus patas terminan de quebrarse atravesadas, luego allana la cabeza, el cuello desgajado sobre la tierra y se queda allí, inmóvil, con los ojos abiertos. Yo, que en el momento del golpe me he apartado, ahora vuelvo a mirar: todos, alegres y entusiasmados meten la mano en la gran herida inundada y caliente para luego limpiársela en la piel del animal que ya definitivamente inmóvil parece más grande. Después, amarrándoles con cuerdas los cuartos traseros comienzan a arrastrarlo hasta la casa de Félix. Una perra oscura y fea, que intentan alejar a pedradas, camina por detrás excitada y gimiendo. Los hombres ríen, como si la vida volviera a ser la de antes.

Desollado y destrozado, el animal fue prenda común de los vecinos reunidos en las traseras de la casa, donde crecía un sauce a pesar de la inclemencia.

Cuando las llamas del fuego prosperaban, los hombres a su alrededor parecían locuaces y seguros de sí, como si nada ni nadie pudiera privarles de su pasado; y a medida que el fuego se apocaba, la lengua de los hombres se entorpecía y la incoherencia de la ebriedad ocupaba el lugar del entusiasmo. Rosa, sentada en el suelo comía también con las manos, en silencio y con la mirada baja, pero de pronto reía mostrando sus dientes pequeños y blancos; junto a ella, acurrucada, la gallina observaba el fuego con sus ojos atónitos.

Estaría siendo de la edad de éste –dijo Félix mirando al mozo de don Sixto Tolay– cuando mi padre resolvió morirse, de las virgüelas. En la sombra estaba, dentro de la casa y me ha llamado; me acerco y dice: "Voy a irme ahora nomás, y has de quedar solo". "Ande irá, tatita", digo. "Con ellos", dice, "con los que tienen sombrero de piedra. Engaláneme un poco, ahorita y déjeme quieto...". Mucho trabajo había sido ponerle ropas a un moribundo, cuanto más su chaqueta de milico, que le venía de un agüelo combatiente. Luego ha dicho: "Algo has de ponerme en la cabeza y en los pies". Quería irse, él, muy abrigado. Y había dicho: "Quedarás para semilla, pero pudiente; queda esta finquita, que tiene piedras. Tenís doce varas de paño en aquella arqueta y una vaca y una llama". "¿Cuál vaca será ésa?", digo. "La tiene el padre cura en Santa Catalina; tres años hace que está allí, rindiendo leche en pago de unas misas que me le dará a mi alma mientras la vaca dure... saben ser longevos esos animalitos. La has de conocer por la mirada y ella ha de reconocer tu olor." Apenas salió la luna, como sucede con los virgüelentos se murió muy descansado. Lloré un poquito, la soledad no le da a uno para llantos largos. Ya muerto y sepultado, como la llama estaba comprobada desde siempre vagando por esos tolaritos a la redonda, me he ido a comprobar la vaca. Llamo al padre cura desde el confín, ahí estoy llamándolo un buen rato, asoma doña Isabel y oigo su voz de él diciendo: "Anda a ver qué quiere ese arrapiezo". Digo que soy ahora el dueño de la vaca y vengo a averiguar por cuántas misas la han ordeñado, porque el poderdante ya se ha muerto y debíamos apurarnos. "¿De qué vaca estás hablando, infeliz?", dice el padre cura. Luego me anoticia de la desgracia. "Se ha muerto", dice. "Esa que estás viendo de lejos es sólo parecida." Después me convida a pasar y, al despedirme en la puerta, me reconforta con un pan blanco, y me dice: "No te apures muchacho, a las vacas les acontecen cosas propias de las vacas".

Ahora, aquí, la luz del sol tan postergada acabó por desaparecer, pero el sepulturero llega con una brazada de raíces para reanimar el fuego. Dos o tres hombres, ebrios, duermen plácidamente entre las piedras. El fuego, tornasolado, se empina como un desafío. Rosa me observa a ratos, no habla, bebe del jarro que le dan, tiene los ojos brillantes como un zorro en la noche.

De pronto se levantan voces en un rincón, el más cercano al lugar donde se enterraron los desechos de la llama disputados a la perra. Es la voz de un hombre borracho, a punto de quebrarse por la pena y la furia, que increpa al extranjero recién llegado.

—Y éste, ¿qué ha venido a hacer?

En un principio nadie hace caso del incidente, pero la mansedumbre del extranjero parece excitar aún más al otro que se pone de pie y grita:

—¡Que diga qué nos quiere!

Alguien más se une al escándalo y enseguida dos o tres hombres y una mujer vieja rodean amenazantes al extranjero.

—¡Ni siquiera ha dicho su nombre este jodido!

—Veamos qué lleva en su alforja.

—¡Apegrienló! —dice la vieja, que ya ha levantado una piedra blanca en la mano, también el pastor mozo tiene otra en la suya.

El extranjero intenta incorporarse pero alguien, de un puñetazo, lo derriba. Enseguida le arrebatan la alforja y la vacían sobre el suelo: un jarro desportillado, un manojo de papeles amarillentos y una flauta es todo lo que se ve.

—¡Quietos! —dice don Félix interponiéndose entre el hombre caído y los otros.

La vieja se ha apoderado de la flauta y sopla arrancándole un sonido desacorde, semejante al de un gato golpeado. Entonces todos ríen y alguien, arrebatando la flauta a la vieja pretende aplastarla en la boca del caído.

—¡Que toque él! —dice.

Pero el extranjero tiene los labios heridos por el puñetazo y no puede.

—Y vos tirá la piedra, chango. Con esa podís

pegarle a tu propio padre –le ordena don Félix al muchacho.

La flauta está otra vez en el suelo, pero no el jarro. Despaciosamente, Rosa vuelve a poner el manojo de papeles en la alforja.

La noche es clara. Hartos, ya nadie come. Los huesos descarnados de la llama están desparramados por la tierra. El incidente parece olvidado tan pronto como naciera. Y nadie habla, hasta que Juan el enterrador pregunta:

–¿Cuya sería la llamita que nos comimos?

–De nadie. Nos creemos dueños de lo que ahora tenemos, pero a la larga todo es distribuido de nuevo; así todas las cosas son de todos los hombres –dice el extranjero. Ha hablado por primera vez y todos lo miramos asombrados.

También harta y somnolienta, la perra viene a echarse cerca del fuego moribundo. Rosa y la gallina han desaparecido.

–Un sorbito –dice la vieja– ¿no me dan?

A su lado el hombre que agredió al extranjero solloza, con la cara escondida entre sus brazos.

Con las sombras cerradas se ha extinguido el banquete. Los vecinos uno a uno fueron yéndose y sólo quedaron don Félix y la vieja que consolaba al agresor. Esto no era extraño para mí, que incluso lo había narrado en algunas páginas vagamente conocidas en el Sur. Y sin embargo ahora sentía que todo era nuevo. El viento agazapado, la tierra dura, antigua y pesada que atrapa el alma de los hombres; estas explosiones de bárbaro entusiasmo que de pronto surjen para compensar la soledad y el desamor. La excitación nos hace más valientes y eso le había acontecido al hombre que sollozaba junto a la vieja, mientras ésta lo explicaba con el tono de quien reflexiona: "de joven era tan ardiente que con frecuencia lo hallaba apaleado, en pleno campo. Después se pasa los días arrepentido".

–Vá para santo –agregó la vieja–. Pero tendrá una muerte muy afligida.

¿Todo esto es real? Estos cuerpos, hechuras de almas errantes. ¿No era mi pecado todo lo aprendido y no olvidado? Clemente de Alejandría leía los textos antiguos desde sus propios prejuicios y por eso tenía como ceremonias vergonzosas el entusiasmo, la alegría y elcoito. Mis recuerdos luchan contra mi propio corazón. De pronto estoy a punto de descubrir lo que quiero y lo que no quiero y siento que en mi huida esta tierra y estos hombres me acompañan, deseo que el mundo sea otra vez luz y oscuridad, y ruido o silencio, salado, dulce y agrio y comprender por el cuerpo, saber que las opiniones humanas son sólo una propuesta y que dios, o los dioses, como los números, no son más que alegorías. Necesito de imágenes libres, desvinculadas de mis recuerdos, empezar otra vez.

El día se prepara para amanecer y hace frío. En el suelo, semienterrada, yace la flauta como un símbolo funerario.

—Forastero —dice la vieja, a quien creía ya dormida—. Te lo digo para que anotís en tus papeles: a ese Belindo se lo ha llevado el río.

La miro. No me parece tan vieja. No digo nada.

—Su vida tuvo menos días que maíces. Debís escribirlo ahí. Este hombre litigioso, que está durmiendo, es su hermano. Te enterarás.

—¿Cuándo? —digo.

—Cuando haga la calor —dice.

Después me doy cuenta de que estoy solo, que ya no hay otros junto al fuego muerto. Advierto que la puerta cruje y la solivianto contra sus goznes de tientos resecos. Tampoco está demasiado oscuro adentro. El extranjero ronca en su yacija y al resplandor de la luz dos o tres gotas de saliva brillan en su barba. Rosa duerme también, en el suelo. De cuclillas junto a ella, con ansiedad, levanto apenas la punta del jergón con que se cubre y observo su cara, más joven aún a la luz de la luna, su pequeña oreja atravesada por un zarcillo de cobre, su cuerpo cambiado por este otro en la noche; siento su olor salobre, cálido y palpitante. ¿Pero yo mismo puedo, tan pronto, ser otro?

Poco antes del amanecer la explosión de un trueno surcó el cielo. Luego siguieron otras descargas, como si rodaran gigantescas piedras cuesta abajo y empezó a soplar el viento. No llovió; como de costumbre el viento se llevó las nubes dejando el cielo aún más limpio que ayer. La Puna, el mal de altura, aumentaba mi desasosiego y me impedía dormir; sólo cuando ya clareaba pude conciliar el sueño y dormí hasta media mañana.

Cuando desperté no encontré a nadie en la casa. El extranjero, Rosa y la gallina habían desaparecido. Afuera estaba Félix con una vara en la mano, como si se dispusiera a partir.

—¿Usted se va también? —pregunté.

—No —dice—. Ya he vuelto.

Voy hasta la acequia, me lavo, traigo agua para hervir y avivo el fuego. El viejo Félix me ha seguido hasta la cocina. Cuando el agua está caliente echo un puñado de yerba y un chorro de alcohol. El viejo, que sigue en pie, contemplando el fuego, inmóvil, vuelve a hablar:

—La Rosa —dice—. Está disgustada.

La soledad fue la única musa de este pueblo, no la pobreza ni la impiedad del clima, la tierra árida ni el abandono, sino esa recóndita soledad que hace amar el fuego y el silencio. Lejos de aquí, donde los hombres se multiplican sin esfuerzo, otras apariencias los distraen y nadie ya logra ver cómo el humo se alza en lo alto de las cumbreras y la tierra vibra y murmura con el sol, y calla cuando se cohíbe el día.

Por eso es que Belindo no alcanzó la madurez sino aquí, en este desierto y también aquí halló su muerte persiguiendo el verso perdido de una copla. No en Potosí ni en Tupiza, ni en Sococha; ni siquiera en La Quiaca o en Tarija. Santiago Villatarco, el propietario del camión que me lleva a La Quiaca –a donde no sé a qué voy– trata de explicármelo.

–De chico he oído muchos cuentos. Pero todos de gente medio loquita: guitarreros y farristas; gente así –dice Villatarco, un hombre de edad incierta, bromista y amante de hacer fortuna, a la que persigue ejerciendo el contrabando. Él quiere decir que nunca es prudente invocar como testigos a los poetas.

Vagabundeando por pueblos y ciudades perdidas entre las montañas, por sus viejas calles empedradas y sus caserones oscuros con portales y balcones a donde ya casi nadie asoma y macizos campanarios ahora llenos de sombras y murciélagos, no halló Belindo lo que tal vez buscaba.

–Veinte años caminó por un lado y por otro.

–¿Veinte años?

Villatarco detiene el camión en medio del camino y se apea para orinar. Luego da unos pasos y desde el borde observa a lo lejos. Lo imito y de pronto me doy cuenta de que el camino por donde vamos no es el conocido. Se lo digo y suelta una carcajada.

—Es muy pasajero el otro —dice—. No me gusta.

Seguimos andando. Pero, no obstante, a un par de leguas, un piquete de la gendarmería nos detiene. Son tres hombres armados con metralletas.

—Abajo —ordenan.

—Soy Santiago Villatarco.

—Documentos —dice el que manda. Los demás revisan el vehículo, levantan la lona que cubre la carga, el capot, la alfombrilla del piso, el asiento.

Cuando reanudamos la marcha miro a Santiago, que sonríe con toda su cara lampiña y regordeta.

—¿Y la carga? —digo—. ¡No la vieron!

—No —dice—. Ahora andamos bien porque buscan otras cosas.

—¿Qué cosas?

—Comunistas.

Anduve toda esa mañana vagabundeando en La Quiaca sin saber qué hacer ¿Cruzar ahora, ya mismo, la frontera y evadirme? No, aún no estaba madura la partida. Me faltaban otros datos quizás, otros reecuentros para conformar el inventario de mi adiós. Todo estaba como antes, como siempre, absolutamente indiferente y ello agravaba mi sensación de ser un fugitivo secreto, de ser alguien que en realidad estuviera huyendo de sí mismo.

En la playa de la estación una locomotora cumplía maniobras precisas: iba de una punta a la otra llevando y trayendo vagones, tal vez para alinearlos en una tercera vía. Dos hombres de pie y una mujer sentada parecían contemplar aquellas maniobras ferroviarias con esa expresión absorta o alelada con que suele contemplarse el mar. El cielo estaba de un color plomizo y la línea de cerros, en dirección a Yavi, se veía más lejana que en días claros.

Desde la playa de la estación anduve hacia el mercado y en el camino me crucé con un indio viejo y un niño que llevaban por delante un par de asnos cargados con sal. Un jeep con gendarmes armados pasó a gran velocidad hacia el puente internacional.

De pronto, en la puerta del mercado, conversando con otros dos, creí descubrir a alguien del Sur. ¿Qué hacía aquí? No lo pensé dos veces, me oculté detrás de unos fardos de alfalfa y allí me quedé inmóvil, escondido y, a la vez, tratando de disimular que lo estaba. ¿Pero, por qué lo hacía? ¿Por qué de pronto esa actitud furtiva, como la de un animal en peligro? En verdad, quizás nadie me perseguía deliberadamente. De cualquier modo la posibilidad de encontrarme ahora y aquí con alguien conocido, con un vecino del mundo que iba dejando atrás me llenaba de angustia, y aún de terror: el hecho de tener que hablar, justificar nuestro encuentro, inventar pequeñas, convencionales, estúpidas mentiras. No, todo eso hubiera sido como irme a medias. Al cabo de media hora o tal vez un poco más abandoné mi escondite; ya no había nadie en el portal; comencé a caminar por los estrechos pasadizos del mercado, entre los puestos semivacíos de frutas y hortalizas, y de pronto me topé cara a cara con la persona de quien me ocultaba. Nos miramos por un segundo —él tal vez sin verme y sin dejar de andar. Y entonces me di cuenta de que antes jamás lo había visto.

La densa neblina del atardecer a la noche se ha convertido en llovizna; las nubes están muy bajas, o corre viento y el agua cae lentamente. Junto a la puerta de mi habitación, en el hotel, hay un tubo y el agua de los albañales se desliza por allí produciendo un rumor casi imperceptible y monótono. La noche fría, la visión de las calles abandonadas, la lluvia perezosa, algún camión que se desplaza de tanto en tanto por los charcos o el lodazal, producen en la intimidad del cuarto una sensación agradable de estar aislado y al abrigo del mundo. Intento leer tumbado en la cama, pero no puedo; siento que todo lo que me dice el libro es menos rico que esta pobre soledad de un cuarto mal alumbrado.

Al cabo de un par de horas la lluvia ha disminuido y a través de la claraboya un resplandor blanquecino se mete en el cuarto. Aquí las noches suelen ser más claras que los atardeceres. La altitud quita el sueño y mis recuerdos vagan sin compromiso alguno, cuando de pronto escucho voces en la habitación de al lado. Acaban de llegar, es una pareja. Aguzo el oído.

"Ahora no podemos volver", dice él.

"Pero tengo miedo, tengo miedo", dice ella. Por el tono de sus voces los adivino muy jóvenes. De pronto la luz se apaga. La han cortado en la usina, como siempre, a las once. Pero la claridad de la noche se mete por la claraboya y por las rendijas de los postigos. No hace mucho frío. Ahora escucho que ella trata de contener su llanto, de transformarlo en un sollozo apagado.

"Todo irá bien, ya lo verás."

"Sí", dice ella, y cuando habla su voz suena como ahogada. "¿Pero, por qué? Nosotros no hicimos nada."

"A ellos no les importa", dice él.

"¡Pero no hicimos nada!"

"Sí hicimos, Clara."

"¿Qué? ¿Qué es lo que hicimos?"

"No estar de acuerdo con ellos. Hablá más bajo, por Dios."

"No puedo."

"Sí puedes."

La claridad que entra de afuera ha transformado las cosas dentro de mi habitación haciéndolas más benignas, menos rotundas y tristes, más ambiguas.

De repente se escuchan pasos en el corredor y enseguida unos golpes en la puerta. Ellos dejan de hablar. Los golpes se repiten.

"No digás nada; no abrás", ruega ella en un susurro.

"¿Quién es?", pregunta él, por fin.

"Yo. Del hotel. Aquí está la cobija que han pedido."

La puerta se abre y vuelve a cerrarse. También yo, sin pensarlo, me había puesto de pie, acercándome a la puerta clausurada entre las dos habitaciones. Regreso a mi cama y a poco vuelvo a escucharlos. Ahora parecen reír y sollozar, al mismo tiempo.

"¿Ya no tenés miedo?"

"Sí. Abrazáme."

"Mañana, a medio día trataremos de cruzar. A esa hora hay mucha gente y se fijan menos."

"Sí, sí. Abrazáme, más fuerte."

Pronto amanecerá, pero aún las calles están desiertas. Me levanto y me mojo la cara en la jofaina. Abro los postigos de la ventana. La frontera a pocas cuadras es el río que corre encajonado entre barrancas. Otro país. Allí, no muy lejos, un farol en la punta de un palo, en la noche, balanceándose al viento, como un símbolo.

Pienso que la salvación me espera en alguna parte, pero yo me desvío del camino. Confío en mis sueños; son lo más cierto de mi vida; y, además, no quiero que todo esto se convierta en un montón de palabras.

A media mañana llega Villatarco a buscarme.
—Ya me estoy yendo, jefe. ¿Usted va o se queda?
Está eufórico y un tanto ebrio, pero lo exagera; es su estilo.
—Me quedo —digo.
—Vuelvo el otro viernes —dice.
—Bueno; el otro viernes ya iré. Todavía tengo que hacer. Villatarco ríe a carcajadas.
—¿Qué digo allá, entonces?
—Nada.
Él vuelve a reír, pero ya no se dirige a mí; está riendo sólo por reír, contemplándose en el gran espejo del bar.

A la noche, en el burdel, soy el primer visitante. Es una antigua casa de familia, con las paredes pintadas de oscuro bermellón y de azul los zócalos. Antes el burdel estaba cerca de la plaza y se llamaba "El Arca". Pero el cura párroco hizo que lo quitaran de allí y no descansó hasta conseguir que le prohibieran funcionar con ese nombre. Ahora se llama "Recuerdos del 47". El letrero, con caligrafía de carta en tubos de neón verde vibrante, colocado en la cumbrera, se distingue desde muy lejos en las noches.

Pido una copa en el mostrador y voy a sentarme a la mesa más lejana y escondida del salón. El salón tiene tres puertas, aparte de la de entrada. Las tres están cubiertas por cortinas de caireles multicolores que apenas se mecen cuando el aire corre.

Un olor penetrante a fenilina y serrín de madera salvaje inunda el ambiente; algunas voces apagadas, discretas, una súbita risa, se escuchan. El muchacho del bar tarda en llegar con la copa que he pedido sin desearla porque creo que es parte de lo que debe hacerse allí.

Sobre el muro, no lejos de mi mesa, hay un cuadro colgado; es un paisaje húngaro, o danubiano al menos, con gansos que se arrastran bajo el peso de sus hígados sobrealimentados, en un prado verde y una joven molinera vestida de blanco con uno de sus pechos desnudos y el molino al fondo. Todo esto en claroscuro, en la penumbra, mala consejera de la razón... El cisne, los cisnes, Ledo, los verdes prados del paraíso terrenal: esto me distrae y tal vez me divierte: nuestro juego de símbolos es limitado en una catedral como en un prostíbulo. Estoy observando y espero sin motivo. Junto a ese cuadro hay otro, un tanto más pequeño. Es un paisaje tempestuoso, con pájaros que enmudecen amedrentados ante el misterio del bosque.

Las cortinas que pretenden recatar una de las puertas se mueven y suenan los caireles, inquietantes, como los cascabeles de una serpiente. Otra vez los viejos, repetidos símbolos.

El dueño del burdel se llama Evaristo. Quizá su verdadero nombre sea otro, pero nadie lo sabe. Es más bien alto, esbelto, los cabellos encanecidos bien peinados; viste siempre de traje oscuro. Es un hombre cordial, pero no campechano ni gratuitamente locuaz. No tiene acento al hablar, pero no es de aquí. Fuera del burdel podría fácilmente ser confundido con un abogado, un pequeño industrial o un rentista; también con un director de escuela. Para las fiestas patrias, en el burdel, se viste de esmoquin y zapatos de charol.

Lo descubro sentado en un banquillo alto junto al mostrador, pensativo, con un vaso de limonada en la mano, y congeniamos desde el principio. Viene hacia mi mesa e iniciamos una conversación con indolencia. Los dos la necesitamos.

–¿Es usted topógrafo? –me pregunta. Lo miro sorprendido. Y agrega–: Perdóneme, no es que lo quiera saber de verdad. Pero aquí el que no es topógrafo es contrabandista. Otra gente no viene; salvo los que vienen a vender, claro, pero a ésos los conozco a todos.

Le digo que simplemente estoy de viaje. Es evidente que eso lo complace.

—Estupendo —dice, más animado—. Cada uno debe hacer su propio viaje, donde quiera que lo lleve.

Este hombre, visto de cerca, me cae mejor. Tiene algo remoto en su rostro —un gesto, la mirada de sus ojos cuando sonríe— que me resulta íntimo, que ya conozco.

El chico del mostrador ha puesto música, pero sin atronar; melodías de los años cuarenta que se suceden unas detrás de otras en el aparato estereofónico. De pronto me siento más abrigado y expansivo.

—Aún es temprano —dice Evaristo—. Quédese un poco más y verá.

—Estoy de paso —digo.

—Sí —dice—. Todos lo están. Únicamente yo me quedo.

—¿Desde hace mucho?

—Sí —dice él.

—¿Por qué se llama este local "Recuerdos del 47"? Lo he preguntado a muchos y nadie lo sabe.

—¡Ah! —exclama Evaristo y su cara parece iluminarse—. Sólo se sabrá cuando me muera. Cuando ya no me importe. O quizá.

Un perro lanudo y enorme asoma por la puerta que conduce a la parte privada del local.

—¡Adentro, Sol! —le ordena Evaristo—. ¡Camine adentro! ¿Puedo invitarle ahora yo a una copa?

Digo que sí.

El perro no ha obedecido y se sienta en el suelo, junto a la silla de Evaristo.

La noche es más oscura, pero aún no hay otros parroquianos. El chico del mostrador se acerca para decirle al patrón que lo llaman por teléfono. Quedo otra vez solo, pero ya soy otro.

A la media hora en el vano de la puerta aparece una mujer. Avanza tímidamente. Es joven, de cabello oscuro.

—¿Me siento? —pregunta, cuando ya se ha sentado. Llamo al chico para pedir otra copa.

—No, aquí no —dice ella—. Vamos a mi cuarto.

La sigo a través de un largo pasillo en penumbras.

—¿Cómo es tu nombre?

—Lucía —dice—. Todos quieren saberlo. ¿Por qué?

Lucía se sienta en la cama y yo en una silla junto a una pequeña mesa redonda. Ella comienza a desvestirse.

—¿Apago la luz? —dice.

—No —digo.

Ya no se oye la música. Lucía semidesnuda parece sorprendentemente más joven. No hago ningún ademán desde mi asiento. De pronto,

la hora temprana, el local desierto, algo en nosotros, ha malogrado los papeles, descolocán-
donos. Y desde ese instante los dos sabemos
que todo será distinto de lo habitual, que nos
amenaza el ridículo, porque en ningún otro lado quizá como en un prostíbulo las formas ri-
tuales no pueden ser transgredidas sin notables
consecuencias.

Lucía me mira a los ojos y me pregunta:

—¿A qué has venido?

—A nada —digo.

—Tendrás que pagar igual.

—Sí —digo—. Claro que sí.

Otra vez estoy en la calle y camino sin prisa;
cruzo unos terrenos baldíos donde hay trozos
de madera apilados entre montones de basura.
Dos calles más y ya estoy en la avenida princi-
pal, iluminada pobremente. Hay muy pocos
transeúntes, todos apurados. No recuerdo exactamente por dónde está mi hotel y sigo avan-
zando en dirección al puente fronterizo. ¿Qué
habrá sido de la pareja de jóvenes? La frontera
está desierta; sólo unas luces desteñidas a lo lejos. Y, más aquí, un caserío muerto. Un burro,
apaciblemente, ramonea entre los descuidados
canteros de la plaza. Se oye a una mujer llamando a un niño. El cielo está muy alto y claro; va
a helar. Todo lo que no está aquí, no existe.

El pequeño vehículo en que viajábamos se deslizaba por la vía del tren aún en construcción, hacia la punta donde un enjambre de peones trabajaba levantando el terraplén. Mi padre y el señor Boldi –un italiano que dirigía la construcción– eran amigos. Tendría yo unos seis años y mi padre le permitía llevarme consigo en aquellos paseos que eran para mí una aventura alucinante. Me gustaba sentir el viento en la cara mientras el pequeño tranvía iba hacia donde los peones removían piedras con sus barretas, amontonaban balasto y, cuando tenían que levantar enormes pesos, concertaban su esfuerzo con un grito desgarrador y cómico.

Ahora sé que el señor Boldi ha muerto, pero en aquellos días era como el verano y como un árbol, la imagen que todo niño proyecta, subconscientemente, de su propio futuro. De él aprendí a cortar la carne asada tomándola con los dedos, puesto que "sólo un cuchillo puede ser el compañero del hombre, no un tenedor" y una escena que me ha de acompañar hasta la muerte: la flor estaba al pie del barranco, como una mancha multicolor entre los bejucos, las tiernas hojas suavemente carnosas de las begonias salvajes y los labiérnagos; no era una flor sino una gran mariposa cansada. Estiré la mano y en el mismo momento el brazo fuerte del señor Boldi me levantó en vilo, justamente cuando la serpiente se disponía a atacar.

A poco de estar tendido en mi cama del hotel descubro por qué de pronto he recordado todo esto. Evaristo, el dueño del prostíbulo, es increíblemente parecido a la imagen del señor Boldi sepultada en mi memoria durante tantos años. Los rostros de los hombres se repiten en el tiempo y yo soy, otra vez, un niño errante en busca de una casa. Este descubrimiento me trajo la súbita alegría de no estar solo y vacío, de que tal vez existiese una armonía universal que no comprendemos hasta alcanzar la propia; que huimos del dolor, pero luego sentimos la voluptuosidad de su recuerdo, y su recuerdo nos enriquece.

Con esta certeza me quedé dormido y no desperté hasta bien entrada la tarde.

Esa misma noche en el burdel, Evaristo me cuenta el fin de Belindo.

—Sólo fue un cantor afortunado.

—¿Afortunado?

—En Potosí y en Tarija había aprendido el arte de la serenata y a emparejar palabras como ninguno. Lo mataron en un riña de cuchillos.

Dos de las mujeres, sentadas junto al mostrador, fuman, contemplándose desganadamente en el espejo. Pero no he visto a Lucía. Evaristo, ahora de esmoquin blanco, parece más viejo que ayer. En un momento, dice:

—He vivido entre mujeres desde niño. Y

nunca he podido dejar de hacerlo. Éstas pronto serán otras. Yo no las retengo.

—Cuénteme cómo fue, lo de Belindo —digo—. Aquel cantor.

Él no podía comprender mi curiosidad puesto que quizá lo que yo buscaba era tan sólo una metáfora o, mejor, una síntesis, sin saber muy bien para qué.

Otra vez el perro viene a echarse junto a nosotros y, enseguida, el viento trae el fragmento de una canción que llega desde los altavoces de la plaza. Las dos mujeres permanecen ociosas junto al mostrador.

—El personal se desgasta pronto —dice Evaristo refiriéndose a las mujeres—. Ésta es una profesión sacrificada, y la mejor escuela de la vida. Ninguna mujer salida de aquí ha resultado luego mala esposa.

—¿Usted es casado? —le pregunto. Él hace un ademán ambiguo por toda respuesta.

El viernes Villatarco en su camión me llevó de regreso. El viejo Félix no estaba, pero hallé la puerta abierta como siempre.

Rosa ha ido al pueblo para vender unos cacharros, a la noche volverá con un par de zapatillas nuevas y unas flores. El sol brilla pero no deslumbra y es posible mirar la tierra a lo lejos, inmóvil y despoblada. Nada me detiene en la casa y echo a andar, sin proponérmelo, en dirección a la barranca en cuyo pie brota un ojo de agua. Al pasar junto al cementerio veo a Juan sentado en el suelo, el mango de la pala descansando en su regazo y lo llamo pero no me contesta, parece estar dormido. A lo lejos, casi sobre la línea del horizonte, se escucha rugir un camión y enseguida todo queda en paz. Como en el mar, solamente los hombres valerosos pueden sobrevivir en el desierto. ¿Cuántos días han transcurrido ya desde que abandoné mi casa? Todo ha quedado atrás, muerto tal vez, pero insepulto, porque nuestros recuerdos y nuestros olvidos conviven. Quiero convertirme en uno de estos hombres, desprenderme de mi propio lenguaje, de mi piel, de la memoria de mi cuerpo, pero ahora sólo consigo pensarlo, sabiendo que pensar es engañoso —los pensamientos son los que provocan las escandalosas desigualdades. Sólo el frío, el calor, el hambre, las ganas, no mienten. Evaristo dijo anoche: "Ahora dejo que el cuerpo mande, desde hace mucho tiempo. El sabrá lo que hace, yo no le impongo ningún ideal".

Evaristo estuvo hablando sin que yo lo interrumpiese, cuando ya todos los clientes se habían ido y el muchacho del bar dormitaba sentado a horcajadas en una silla. Y ahora puedo reconstruir los últimos instantes de Belindo.

Fue en un almacén de Sococha; no propiamen-
te en el almacén sino afuera, en el ruedo de una
pequeña feria de mercaderes que habían llegado a trocar higos, tomates, orejones, albaca,
quesos de cabra por clavos, alcohol, herramien-
tas. Estaba casi tan claro como el día, sin contar
el resplandor de tres fogatas.

Varios años hacía que Belindo erraba de un
lado al otro, buscando aquel verso de la copla
que, de hallarlo, podría convertirlo en otro. Un
verso necesario, perdido en un confuso entreve-
ro de mujeres y gente ebria.

Belindo, sentado en una piedra, comenzó a
pulsar las cuerdas para templar la guitarra; miraba
fijamente hacia algún punto del cielo. Había
puesto su vaso de vino en el suelo, junto a la piedra donde estaba sentado. Sólo tres o cuatro personas lo miraban atentas. De pronto comenzó a
cantar pero se detuvo. Algo dio contra su vaso de
vino derramándolo. Uno de los hombres atentos
volvió a colmárselo. Del almacén llegaban voces
apagadas. Los burros de los feriantes esperaban,
inmóviles, el amanecer. Belindo volvió a pulsar
las cuerdas, sus ojos, que miraban a lo lejos, parecían cuencos vacíos. Acomodó mejor la guitarra y
cuando ya había comenzado el primer verso, su
vaso volvió a derramarse. Tal vez descubrió el te-
rrón arrojado. Pero siguió adelante, su mano sobre las cuerdas era como una araña saltando sobre
su red de un lado a otro. Los dos primeros versos

estaban dichos cuando, casi al mismo tiempo, se detuvo bruscamente escondiendo la cara en su brazo y una piedra, arrojada desde cerca, quebró el vaso. Belindo, con sus ojos ahora brillantes por las lágrimas, vio al provocador a pocos pasos de distancia y lanzó un grito. Las tres o cuatro personas que habían estado cerca se hicieron muchas y ahora todos rodeaban a los dos hombres que se enfrentaban puñal en mano. Hubieron tres acometidas por ambas partes, y Belindo comprendió. Fue un instante y el puñal le entró por encima del cinturón. Un alarido de mujeres nació y calló de pronto. Amanecía. Belindo, que parecía intacto, caminó varios pasos hacia adelante, enarbolando la guitarra. El agresor lo seguía de cerca y cuando lentamente se desplomaba, lo sostuvo de los hombros hasta posarlo cuidadosamente en tierra. Le quitó el sombrero y comenzó a ordenarle con la mano los cabellos mojados por el sudor. Belindo lo miraba, como animándole. Entonces todos pudieron ver que el agresor se agachó hasta pegar sus labios en la oreja del caído. Y cuando ya la memoria de Belindo estaba a punto de apagarse lo escuchó.

El agresor se desvaneció con la luz del día.

Hubiera querido reunirlos a todos para despedirme pero, como cuando llegué, el pueblo parecía abandonado. Caminé por el contorno el resto del día sin ver a nadie. Sólo la vaca overa de don Sixto pastaba a lo lejos. Se hizo de noche, lentamente. En la casa encendí una fogata y me quedé dormido.

Desperté cuando estaba a punto de amanecer y, sobresaltado, vi que el viejo Félix estaba de pie junto al fuego moribundo, mirándome.

Le pregunté dónde había estado, pero contestó sin hablar señalando una loma. Quizá como en el pasado —cuando el hombre más viejo del lugar era el que ciertas madrugadas esperaba la salida del sol sentado en la cima de una peña— ahora sólo él podía hacerlo, y cuando el sol llegaba a la cima, sólo él podía hablar.

—Tal vez ya sea hora de que me vaya —dije.

—Sí —dijo él.

Comenzamos a andar pero nos detuvimos en el patio junto al sauce, cuyas ramas desnudas se recortaban contra el cielo como un esbozo, muy cerca del lugar donde había ocurrido el banquete de la llama. Aún quedaban allí algunos huesos despreciados por los perros.

—Ahora sé algo más sobre Belindo. ¿También usted lo sabía, verdad? ¿Usted sabe, acaso, cuál es el verso que le falta a esa copla?

Don Félix sonríe. Eran sin duda demasiadas preguntas, o demasiado inútiles. De pronto se acerca al sauce, pega la oreja en el tronco y escucha; al cabo dice, complacido:

—Apenas respira; ahorra fuerzas para pasar el frío.

Hasta ayer mismo pensaba que tal vez podría permanecer largo tiempo junto a esta gente, convivir con ellos.

Dejamos atrás la casa y el árbol y comenzamos a caminar por el sendero rumbo al Este. El viejo Félix que iba a un paso detrás de mí, ya cerca del manantial a donde seguramente se había propuesto llegar, dijo:

—Si andás escondiéndote, te pillarán.

Sorprendido, me detuve a mirarlo. Parecía divertirle nuestra despedida y volvió a hablar, como quien me golpeara:

—Si andás como los zorrinos, siempre solo y a oscuras, te encontrarán.

—¿Quiénes? —pregunté.

Pero él ya me daba la espalda y caminaba de regreso a la casa. Era otra vez el anciano sordo e incoherente que conocí al principio.

Miro hacia la punta del camino sin entusiasmo y sin pena. Se ha nublado por fin y ya no tengo otra alternativa más que andar. ¿Hacia dónde voy? Mis pies lo sabrán.

III
Esa noche se fue por el atajo

Son ya cinco días deambulando por el desierto, de caserío en caserío. Acoite, Abra de Quera, Cerrillos, Pozuelo. Quien no recorra estas tierras jamás llegará a saber de qué manera el mundo, las cosas, son huidizos y frágiles. Estas rocas, los yacimientos desamparados, los ríos muertos como estelas geológicas. En ningún otro lugar como aquí, en la Puna, pasa uno más fácilmente de la visión de lo aparente al ensueño.

Había salido en dirección a Yavi, pasajero en un maltrecho ómnibus y ahora voy montado en un carro. El ómnibus, rezago de guerra, empleó antes lo mejor de su fuerza transportando tropas por los ásperos caminos desde Siracusa a Montecasino, o por los médanos empantanados al este del Elba, y aquí, en una curva ascendente, a la vista ya de la sierra de los Siete Hermanos, el ómnibus emitió un metálico alarido, una densa humareda salió del radiador y abruptamente se negó a continuar. El chofer dijo "estamos jodidos, tendremos que andar a pata". Pero, a pesar de sus sombrías predicciones, al cabo de un rato alcanzó a pasar un carromato cargado de leña y tirado por una yunta de mulas. Entonces lo abordamos. Era yo el único pasajero en aquel ómnibus y al cabo de media hora me estaba preguntando si no habría sido una decisión errónea viajar hacia Yavi. Pero, ¿si no sabía a dónde ir ni qué hacer, cómo podría estar equivocado?

Soplaba un viento cálido cuando el pueblo surgió de pronto junto al río que untaba de verde las tierras aledañas; las calles, pavimentadas de cantos desparejos, se empinaban entre las casas de adobe. Montados en el carro llegamos hasta la plazuela, que no era más que la boca ensanchada de una calle, con una pila en medio. Las casas permanecían cerradas, las calles desiertas.

—Aquí no hay qué ver —dijo el chofer—. Nada. Ésa es la casa del marqués. Pero ahora ahí van a mear los burros.

Miré en esa dirección. Sólo un par de perros lánguidos, echados en medio de la calle. El chofer dijo después que tenía que "dar parte" y se fue en busca de un teléfono hacia el local de la policía. "Puede ver usted la iglesia", dijo. "Pida la llave a la señorita." No le hago caso y empiezo a caminar por los callejones empinados en rumbo contrario a la casa del marqués. A veinte metros de una esquina, donde el pueblo acaba en unos rastrojos pelados, observo a una niña con una varilla en la mano. Me acerco unos metros sin que me vea. Con la varilla castiga a un sapo, ya malherido, quieto y tumbado panza arriba, y a cada varillazo le dice "¡Haga llover, haga llover!".

Yavi era en otros tiempos sede de la aristocracia de estas tierras casi tan extensas como un país, el aposento de los antiguos marqueses de Tojo. Ahora es apenas un puñado de casas, deshabitadas las más, que encierran algunas calles tortuosas y desiguales en medio de un valle verde como un oasis donde crece el maíz, la alfalfa, la quinoa, la ajipa y aún el trigo, los yacones, la papa verde. En el pueblo hay árboles –álamos y molles, sauces. Todo lo demás son ondulaciones desérticas salpicadas por manchas aisladas de iros y esporales, yaretas, duros arbustos quebradizos. Al margen de las grandes rutas modernas –la carretera y el ferrocarril– este pueblo quedó como empozado en otro tiempo. Sólo para las fiestas de Semana Santa llegan forasteros a Yavi; el resto del año, nadie. No hay aquí industrias ni negocios. Ni siquiera sus propios habitantes permanecen de día en sus casas sino fuera, junto a sus majadas o en sus pequeños cultivos. Los jóvenes emigran hacia el Sur; aquí quedan los viejos y los que van para viejos, como custodios indiferentes de un pasado remoto cuyos testimonios de esplendor son la iglesia y una insólita biblioteca pública que nadie parece aprovechar. La ilusión del hombre del Sur es trabajar para descansar, y se le va la vida en eso:

trabajando, puesto que nunca llega a saber cuándo es el momento de dejar. La gente aquí, en cambio, trabaja sólo lo necesario para comer, no para acumular, quizá porque sabe que nunca podrá hacerlo.

Dicen que no muy lejos de aquí, en otro tiempo hubo oro. Las vetas de hebras de oro eran arrancadas de la roca viva por los aborígenes; la busca de pepitas era, en cambio, dejada a los viejos e inválidos. Y ésa fue la perdición del hombre flaco que construyó un barco, según lo sabría después.

El chofer del ómnibus ha regresado a La Quiaca; me he quedado solo y al atardecer busco posada. No hay en Yavi ni hotel ni pensión.

—Puede usted alojarse en la casa de don Plácido —me dice una vieja, en el almacén. Es una tienda miserable donde hay, además de vino, muy pocas cosas.

—¿Quién es don Plácido?

—Es él, el comisionado.

Voy hacia donde me indicara. Un caserón ruinoso, pero nadie responde a mis aldabonazos.

—Está cerrada la casa —digo, de regreso en el almacén.

—Sí —dice la vieja—. No está, don Plácido. Ha ido a La Quiaca, al hospital. Pero ya vendrá.

—¿Cuándo?

—De aquí a un tiempito.

Todo ha sido un circunloquio de la vieja, en

cuya casa termino alojándome, en espera del comisionado; una elipsis necesaria para no decirme que sí de entrada.

Por la mañana despierto con el sol, colándose como una ráfaga no bien se empina sobre la cresta de los cerros.

Cuando salgo en busca de agua con que lavarme, veo un anciano sentado en la galería; la galería es pequeña, sólo un alero desparejo, así como las puertas y las ventanas. También la casa es baja. A excepción de los asnos y los camélidos, todo aquí es pequeño, quizá porque nada hay tan vulnerable como un cuerpo grande a la intemperie. La galería está sostenida por columnas desiguales sobre el patio; el patio es desparejo, con un ringlero en medio. El anciano no me contesta cuando saludo, ni siquiera me mira; envuelto en su poncho, mira absorto el suelo junto a sus pies; tiene los ojos abiertos y quizá ve, pero parece sordo. Luego sabré que hace meses han mandado traer su ataúd desde La Quiaca porque se está muriendo. Sobre el alféizar de una ventana cerrada, junto al anciano, hay dos o tres malvones o geranios plantados en viejos envases de productos pasados de moda.

El sol es ahora algo más que una pálida mancha, cubierto por unas nubazones que han llegado desde el Oeste. Camino lentamente, sin rumbo y sin darme cuenta he salido por un callejón bordeado de pircas que se confunde, al final, con unos rastrojos donde hay señales de fogones apagados, restos de ramas quemadas entre piedras, sólo cenizas inmóviles. A lo lejos, junto a una vivienda, un asno ramonea. Escucho de pronto el sonido de un cuerno y cuando avanzo en dirección a la vivienda, veo que el asno está cargado con cuatro panes de sal. Suena otra vez el cuerno y, ya desde el cerco de piedras, descubro que es un niño que ensaya con el erke. Está de espaldas; cuando lo llamo se da vuelta, deja el erke en el suelo y apresuradamente se oculta en la casa.

Para esta gente soy casi un extranjero, nadie parece darse cuenta de que busco su compañía porque vengo huyendo de otras. Siempre fue así. He buscado mi vida a través de otros, delegándome, por temor a repetir los errores, creyendo que eso era una forma de vivir sin riesgos, sabia y cautelosamente ¿Pero esto es posible? Nadie puede hacer otra vez nada, puesto que cada vez es diferente.

La vieja del almacén donde me alojo se llama Justa. Me ofrece de comer. Cuando me siento a la mesa, trae un plato de locrillo de trigo con una papa.

—¿Te gustará?

Digo que sí, que como poco y que eso me gusta.

—Esto es poco, pues —dice ella—. Poquito. Sólo un sosiego para el estómago.

La observo; ella no me mira; está de pie mirando a través de la puerta que da al almacén.

—Así está bien; sólo comer lo necesario ¿verdad?

—No —dice.

—¿No?

—No. El que come con más gusto es el que come de vicio.

Un parroquiano ha entrado en el almacén; me quedo solo y trato de escuchar. Ríen por lo bajo, pero no entiendo lo que dicen.

Dos días después, a la mañana, voy hasta la iglesia. No podré visitar la biblioteca pública hasta que don Plácido, el comisionado, no regrese. La iglesia está cerrada y busco la llave donde me indican. La casa de la *niña* Zenobia, hace mucho tiempo pintada de rosado, es la más grande del pueblo. Tiene un amplio zaguán, otrora transitado por carruajes, seguramente, y una bella cancela de hierro cubierta de polvo. Lo construido ocupa algo menos de una manzana; el resto, hasta completar la manzana, son ruinas de una construcción mayor, trozos de muros, montones de adobes caídos y deformados por la incuria, piedras barridas por muchos vientos. Cuando me acerco creo ver algo como un bulto solapado detrás de los visillos de una ventana, junto al zaguán. Busco el llamador; no lo hallo, golpeo las palmas y espero un momento; otra vez —ahora estoy seguro— veo una persona entre los visillos; es una imagen fugaz, pero alcanzo a distinguir su piel oscura y un rostro blanqueado donde resaltan los ojos y los labios.

Cuando ya estaba dispuesto a irme acude una niña, muy delgada y pálida, que me entrega la gran llave del portal de la iglesia.

En el portal de la iglesia hay un perro durmiendo a la sombra; el perro no se mueve y tengo que echarlo a voces y empujarlo con la punta del pie para que se levante y me deje pasar. Las puertas crujen al abrirse y adentro huele a cera, a aire encerrado. La luz del sol atraviesa las ventanas cerradas con finas placas de mármol claro e ilumina el altar mayor cubierto de oro y un gran retablo con querubines esmaltados en la cúspide. Doy unos pasos y tampoco mis zapatos resuenan. El púlpito vacío —rematado por el ángel de la resurrección trompeta en mano— acrecienta la soledad del lugar, que es así, ahora, como el templo de una religión olvidada o muerta. Ni siquiera una voz llega de afuera. No hay una mosca. En uno de los cuadros, Cristo toca la campana debajo de un árbol. Y todo esto es como la vivencia de un sordo.

Sé que lo que de noche escribo en estos cuadernos no es la verdad. O, al menos, no es toda la verdad, sino retazos, trozos de la vida aparente, de mi vida y la de los otros, que de pronto vuelven a narrarse. ¿Pero acaso la historia no es eso? Sólo un puñado de momentos lúcidos, iluminados, unas cuantas imágenes despedazadas. Lo importante sucede siempre en pocos segundos y todo lo demás es su proyección, cuando andamos a tientas, desperdiciándonos. Damos vueltas y vueltas y regresamos siempre al umbral, al mismo sitio, porque la vida no es la suma de años sino lo que realmente vivimos y el resto es puro pasar.

Ayer, al salir de la iglesia, comencé a andar bordeando el camino por donde había llegado al pueblo. De pronto, ya en pleno campo, cuando me detuve a descansar sentado en una piedra, creí ver un hombre a lo lejos. El hombre también estaba quieto y solo. Al cabo de un momento comencé a caminar hacia él, pero cuando me acercaba el hombre se movió y empezó a andar. Volví a detenerme y casi enseguida también se detuvo. No sé si era joven o viejo, sólo sé que era un hombre. Volví a avanzar y él, otra vez, comenzó a andar, sin pausa ni prisa, sin mirarme. Mientras caminaba lo llamé varias veces. Pero parecía no oírme, y sólo se detuvo cuando yo lo hice. Después, cansado, abandoné la persecución y me volví de espaldas. Más tarde miré hacia donde él estaba pero ya no lo vi. En su lugar sólo había un carnero viejo, de piel oscura y sucia buscando qué comer entre las piedras.

—¿Cómo era el hombre? —preguntó doña Justa.

—No lo sé —dije—. Ahora ni siquiera estoy seguro de que haya sido alguien.

—Puede que no —dijo.

Don Cayo Vargas es el otro huésped; casi siempre come en silencio, sentado a una mesa en el rincón más oscuro. Don Cayo es el compartidor de aguas y el encargado de medir las lluvias en el viejo pluviómetro que alguna vez las autoridades colocaron en el patio trasero de la escuela. Su tarea es escasa puesto que aquí muy pocas veces llueve. Don Cayo es propietario de un perro pequeño, de color blanco, feo y llorón, que tiene la particularidad de no seguir a su amo, como todos los perros, sino de precederlo. Algunos minutos antes de su llegada, el perro entra al salón, se echa debajo de la mesa que ocupará el hombre y allí se queda, aislado de todo, sin mirar a nadie, sin perder la calma por el olor de la comida, ni siquiera por los restos que a veces caen de las mesas.

La hora de comer es cuando veo a don Cayo, y no siempre. Hay días que no viene y nadie, probablemente, sepa dónde se mete ni qué hace. Cuando viene come en silencio un plato de sopa.

—Eso es lo que come —dice doña Justa—. Solita cosa. No le gusta masticar. Como al perro ése.

—¿Cómo se llama?

—Don Cayo, pues.

—No, digo el perro.

—No tiene nombre; será para que no lo llamen y se lo lleven.

—¿Se lo lleven? ¿Quiénes?

—Ésos; los robadores de perros.

Ayer me han contado el siguiente episodio:

Hace muchos años llegó un cura al pueblo, después de un largo tiempo en que la parroquia permaneció vacante. No bien llegado, el cura se encerró en la casa y sólo se presentaba ante los feligreses durante las misas. El resto del tiempo no se dejaba ver por nadie; se preparaba la comida con los alimentos que la gente le llevaba y que él había ordenado dejar sin aviso ninguno en el zaguán, siempre oscuro, de la casa parroquial. Era a principios de junio cuando llegó y a los pocos días prohibió las fogatas; lo anunció en la misa de vísperas bajo apercibimiento de terribles penitencias. Era una tarde gris, fría y ventosa y a duras penas había comenzado a encenderse una pira de raíces y maderos secos en el prado trasero de la iglesia, cuando él la descubrió. Entonces salió corriendo a perseguir a los niños, vociferando palabras en latín. Los niños huyeron a ocultarse entre las ruinas de una casa y desde allí vieron cómo el cura sofocaba el fuego desparramando a patadas los maderos hasta apagar las últimas ascuas. Al día siguiente, al ver a algunos de los promesantes ataviados con plumas ceremoniales para el culto se negó a decir misa; también prohibió la música. Los hombres emplumados, los tocadores de sicuris y aquellos que llevaban sus tobillos acollarados por cencerros y caramillos tuvieron que abandonar, silenciosos y asombrados las proximidades del templo; pero enseguida y detrás de ellos se fueron los demás, la iglesia quedó vacía y el cura solo. Al anochecer, cuando las calles del pueblo estaban desiertas y la música en algunas de las casas apenas iluminadas por faroles de luz amarillenta se oía como un eco lejano y sofocado, el cura desde su ventana comenzó a dar voces y gritos amenazantes, maldiciéndolos. Las mulas, en yuntas, encerradas en el corral de la parroquia, espantadas, pretendieron huir atropellando el cerco y los perros vagabundos que

merodeaban en busca de comida ladraron fre-
néticos y temerosos por primera vez en muchos
años. Después todo quedó en silencio.

Al día siguiente algunos vecinos madruga-
dores, al pasar frente a la iglesia la encontraron
abierta. Con mucha cautela fueron descubrien-
do lo que faltaba: imágenes, telas, reclinatorios.
Tampoco estaba el cura, ni el carro, ni las mulas. Subieron al campanario para dar aviso, pero faltaba la campana. Entonces los más decidi-
dos salieron en su persecución, dándole alcance
a menos de una legua. Obligaron al cura a
apearse del carro, le quitaron la ropa y lo dejaron desnudo y solo en el páramo, regresando
ellos con el carro, las mulas y el tesoro.

Cuando el obispo, al cabo de un tiempo,
ordenó una investigación de los hechos, nadie
supo nada.

Hoy algunas voces me despertaron temprano.
El anciano de la casa por fin había muerto. Creí
en un principio que aquellos ecos eran los de
un sueño interrumpido, pero cuando sentado
en el borde de la cama puse los pies sobre las
baldosas frías del suelo y los lamentos y mur-
mullos continuaban, comprobé que no era un
sueño. Entreabrí la puerta de mi cuarto y vi el
trajín. Me mojé la cara en el lebrillo y me vestí.
Apenas si contestaron a mi saludo. El anciano,

cubierto por un poncho, yacía sobre una mesa grande en el patio. Por primera vez lo veía sin sombrero; la cabeza era pequeña pero proporcionada; tenía los cabellos casi enteramente blancos, mal recortados; la boca había quedado entreabierta al morir y a través de sus labios exangües y secos asomaban los dientes. Ya habían lavado el cadáver y vuelto a vestir, y muy pronto lo pondrían en el féretro. ¿Quién había sido aquel viejo?

A media mañana comenzó a llegar más gente al velorio y un par de horas después ya eran muchos. Todos entraban y se persignaban para luego permanecer silenciosos, de pie o sentados en el suelo junto a las paredes del patio. Un hombre regordete y lampiño, a quien no había visto nunca, servía copas de anís turco o cingani en una bandeja de hojalata. Al comienzo de la tarde llegaron las mujeres lloradoras y comenzó el murmullo del rosario. También entró el perro de don Cayo, husmeó por debajo de la mesa donde estaba expuesto el cadáver y salió. Su dueño se había quedado en la calle. Y no mucho después llegó la *niña* Zenobia. En comparación con el resto de las mujeres de este lugar era alta; tenía los cabellos peinados hacia atrás, sujetos con una peineta en la nuca; sus ojos, oscuros y vivaces, eran como los de un enmascarado, como si miraran desde atrás de la máscara, y la máscara era su propio rostro, muy blanco a

Customs Declaration

19 CFR 122.27, 148.12, 148.13, 148.110, 148.111, 1498; 31 CFR 5316

FORM APPROVED
OMB NO. 1651-0009

Each arriving traveler or responsible family member must provide the following information (only ONE written declaration per family is required):

1. Family **Name**

   First *(Given)*   Middle

2. **Birth date**   Day   Month   Year

3. Number of **Family members** traveling with you

4. (a) U.S. Street **Address** (hotel name/destination)

   (b) City   (c) State

5. **Passport issued by** (country)

6. **Passport number**

7. Country of **Residence**

8. **Countries visited** on this trip prior to U.S. arrival

9. **Airline/Flight No.** or **Vessel Name**

10. The primary purpose of this trip is **business**:   Yes   No

11. I am (We are) bringing
    - (a) fruits, vegetables, plants, seeds, food, insects: Yes   No
    - (b) meats, animals, animal/wildlife products: Yes   No
    - (c) disease agents, cell cultures, snails: Yes   No
    - (d) soil or have been on a farm/ranch/pasture: Yes   No

12. I have (We have) been in close proximity of (such as touching or handling) **livestock**:   Yes   No

13. I am (We are) carrying **currency or monetary instruments** over $10,000 U.S. or foreign equivalent: (see definition of monetary instruments on reverse)   Yes   No

14. I have (We have) **commercial merchandise**: (articles for sale, samples used for soliciting orders, or goods that are not considered personal effects)   Yes   No

15. **Residents** — the **total value of all goods,** including commercial merchandise I/we have purchased or acquired abroad, (including gifts for someone else, but not items mailed to the U.S.) and am/are bringing to the U.S. is: $

    Visitors — the **total value of all articles** that will remain in the U.S., including commercial merchandise is: $

Read the instructions on the back of this form. Space is provided to list all the items you must declare.

I HAVE READ THE IMPORTANT INFORMATION ON THE REVERSE SIDE OF THIS FORM AND HAVE MADE A TRUTHFUL DECLARATION.

X _____

(Signature)   Date (day/month/year)

For Official Use Only

U.S. Customs and Border Protection
Welcomes You to the United States

U.S. Customs and Border Protection is responsible for protecting the United States against the illegal importation of prohibited items. CBP officers have the authority to question you and to examine you and your personal property. If you are one of the travelers selected for an examination, you will be treated in a courteous, professional, and dignified manner. CBP Supervisors and Passenger Service Representatives are available to answer your questions. Comment cards are available to compliment or provide feedback.

Important Information

U.S. Residents — declare all articles that you have acquired abroad and are bringing into the United States.

Visitors (Non-Residents) — declare the value of all articles that will remain in the United States.

Declare all articles on this declaration form and show the value in U.S. dollars. For gifts, please indicate the retail value.

Duty — CBP officers will determine duty. U.S. residents are normally entitled to a duty-free exemption of $800 on items accompanying them. Visitors (non-residents) are normally entitled to an exemption of $100. Duty will be assessed at the current rate on the first $1,000 above the exemption.

Controlled substances, obscene articles, and toxic substances are generally prohibited entry. Agriculture products are restricted entry.

Thank You, and Welcome to the United States.

The transportation of currency or **monetary instruments,** regardless of the amount, is legal. However, if you bring in to or take out of the United States more than $10,000 (U.S. or foreign equivalent, or a combination of both), you are required by law to file a report on FinCEN 105 (formerly Customs Form 4790) with U.S. Customs and Border Protection. Monetary instruments include coin, currency, travelers checks and bearer instruments such as personal or cashiers checks and stocks and bonds. If you have someone else carry the currency or monetary instrument for you, you must also file a report on FinCEN 105. Failure to file the required report or failure to report the *total* amount that you are carrying may lead to the seizure of *all* the currency or monetary instruments, and may subject you to civil penalties and/or criminal prosecution. SIGN ON THE OPPOSITE SIDE OF THIS FORM AFTER YOU HAVE READ THE IMPORTANT INFORMATION ABOVE AND MADE A TRUTHFUL DECLARATION.

Description of Articles (List may continue on another CBP Form 6059B)	Value	CBP Use Only
Total		

fuerza de ungüentos y de polvos. Por un momento me observó y en ese instante creí que sus ojos me sonreían, astutos, en un fugaz gesto de complicidad. Tenía los labios pintados de un rojo vivo y el cuello alto de su vestido largo y oscuro formaba pliegues que ocultaban la punta de su barbilla. Detrás de ella, una niña, seguramente la misma que me había dado las llaves de la iglesia, sostenía, plegada, una sombrilla china debajo del brazo. Al ver entrar a Zenobia los que estaban cerca del féretro le abrieron paso, silenciosamente, sin mirarla.

Cuando el sol declinaba y todos habíamos tomado un plato de sopa caliente y picante, las mujeres comenzaron otra vez a llorar. Algunos hombres ya estaban borrachos pero nadie hablaba, o cuando hablaban nadie levantaba la voz.

Cuando el sol se ponía llegó la hora de partir al cementerio. El carpintero clavó la tapa del féretro lleno ya de flores de papel, y los martillazos sonaron secos, rotundos, certeros. Los primeros comenzaron a andar en dirección de la puerta. También yo me incorporé y, sin saber cómo, me hallé junto a Zenobia. Sus ojos, oscuros como carbones y brillantes volvieron a sonreír desde atrás de la máscara, y entonces, también sin saber por qué puse mi brazo en ángulo al mismo tiempo que ella, como si así hubiese estado dispuesto desde siempre, posaba en él su pequeña mano. Una vez en la calle dejó mi brazo y desapareció entre el gentío, evadiéndose sin prisa pero con gracia, como una mosca indolente.

El camino al cementerio fue breve; por delante iban los portadores del féretro, enseguida las mujeres lloradoras que a poco se callaron y apartaron y por detrás los demás, ahora diezmados. En el cementerio, junto a la tumba abierta, pala en mano, esperaba el hombre regordete y lampiño.

Cuando todo terminó regresé solo al pueblo; era casi de noche. Sonó un cohete provocando alarma entre los perros, después alguien empezó a cantar. Atravesando el patio, ya en orden, como si todo hubiera ocurrido hacía mucho tiempo, entré a mi cuarto en penumbra, abrí la ventana y me mojé otra vez la cara. Mi libreta de apuntes abierta boca abajo yacía sobre la mesa. Pensé en todo lo que había pasado en solo un día, un día de mi vida que nació, creció sin darme cuenta y murió también como una sombra; pensé en el llanto ritual de las mujeres, en el silencio y la mirada estupefacta de los ebrios al final del velorio.

Por la ventana veía las estrellas multiplicándose a medida que avanzaba la noche. Y desde mi cama escuché otra vez la canción a lo lejos, una canción desnuda y sola, por encima de todas, o resumiendo todas las canciones.

A la mañana siguiente estuve intentando poner en orden mis apuntes. Son muy breves e inconexos y, escritos con lápiz, algunos aparecen ahora borrosos o confusos. Momentos antes de despertar había tenido un sueño que era solo una imagen clara e inequívoca: iba yo con un cubo de agua en la mano desde un lugar a otro, caminaba los primeros pasos sin dificultad pero enseguida comenzaba a sentir que el peso del cubo se multiplicaba hasta hacerse insoportable, entonces lo dejaba en el suelo y el agua se escurría sin que supiera por dónde. No recordaba haber soñado antes nada semejante. Comencé a anotar este sueño en mi libreta pero, como siempre sucede, al describirlo perdía fuerza, ya era otra cosa. A pesar de estar completamente vestido sentía frío. Me eché una manta encima y en vano intenté continuar. Entumecido y torpe también me sentía incómodo en mi propio cuerpo. Volví a meterme en cama con mis papeles y tampoco pude escribir un sólo párrafo. Arrojé la libreta al suelo y cerré los ojos. Aún no había ruidos en la casa.

Una mañana silenciosa. Camino sin prisa, de paseo por la margen del Cuerno de Oro hacia la casa de Pierre Lotí en Estambul. Desde la mezquita al pie de la cuesta observo las tumbas entre los árboles con sus columnas de piedra labrada. Hace frío pero el cielo está claro y gris el mar. Las bellas casas de madera, antiguas man-

siones de los ingleses en la ribera occidental del
Bósforo parecen deshabitadas.

Pienso en el viejo, en su cuerpo empequeñe-
cido y lavado, cubierto de flores, inmóvil, encerrado. Nos enseñan a desconfiar de nuestro
cuerpo, a vivir en guardia ante sus acechanzas, a
despreciarlo; pero también nos enseñan que
nuestro cuerpo es inmortal puesto que volveremos a reunirnos con él en la gracia de la resurrección. Durante toda la vida padecemos por
esta incoherencia. No pude volver a dormir. A
pesar de estar vestido y en cama sentía frío y entonces me di cuenta de que en realidad yo era el
frío. De pronto recordé un episodio fugaz y perdido de mi infancia, tal vez otro sueño: por alguna razón mi padre me había castigado; no debía
salir de mi habitación durante todo el día. Al cabo de unas horas, echado en el suelo como suce-
día siempre que estaba furioso o apenado, vi que
empezó a llover, una lluvia de verano intensa y
torbellina. La lluvia, sobre todo cuando es co-
piosa, siempre estuvo relacionada en mí con la
alegría y las ganas de vivir. Burlando la pena im-
puesta me escapé por la ventana, descendí por el
tejado y eché a correr, pero enseguida sentí que
la lluvia no me mojaba, que el agua no tocaba
mi cuerpo. Me quité entonces la camisa y los zapatos pero todo fue igual. Regresé a mi cuarto y
me quedé dormido en el suelo, semidesnudo y
frío, hasta que al atardecer entró mi madre, me

secó los cabellos con una toalla y me obligó a acostar. Entonces como ahora soñé, inquieto y semidespierto, acorralado por un sentimiento de soledad en el mundo, entre los demás.

¿Mis sueños han cambiado de verdad? Tal vez no. Son sus significados los que sin duda cambiaron.

Ese mismo día conocí a don Plácido, de regreso ya del hospital.

Don Plácido es bajo de estatura, de edad incierta; no es gordo pero tiene los tobillos –y seguramente las piernas, que aparecen al cabo de sus pantalones holgados– hinchados desbordando sus zapatos nuevos de inusual color ámbar. Es casi lampiño y de pelo gris. Su cara huesuda y la nariz perfecta tienen la dureza y el color de una antigua máscara de mármol. Está sentado a la puerta de su despacho y sólo me mira al comenzar sus frases para enseguida desviar sus ojos a lo lejos, como un orador. Está enfermo de gravedad pero él no lo sabe; yo lo observo y creo que pronto va a morir. Hace mucho tiempo que vive solo, desde que su mujer huyó con un viajante. A él no le importa ya, pero ello le ha dejado un amargo desprecio por los demás, una melancolía a veces lóbrega, a veces cínica, lo cual puede resultar peligroso en un funcionario público. A poco de vernos me ha preguntado si yo vendía algo; le he explicado que no, que estaba de paso.

—Por aquí no se va a ninguna parte —dijo.

—Quería ver esto; quería verlo otra vez.

Eso pareció tranquilizarlo.

—¿Lo han tratado bien? ¿Está bien instalado?

—Sí —digo—. Es buena gente la que he encontrado.

—¿Buena gente? Son mezquinos y jodidos.

—Son muy pobres.

—Pobres o ricos ¿qué importa? La única diferencia entre la gente es la de estar viva o estar muerta.

Después dijo:

—Ahora tengo que ordenar los papeles. Dentro de poco va a correr viento.

Eran las cinco de la tarde. Unos quinientos metros de distancia desde la plazuela del pueblo, separaban aquel caserón, la mitad en ruinas, a cuyos fondos se extendía un prado que iba a morir en el lecho de un río seco. Como todos los días, alrededor de esa hora soplaba el viento, un viento viejo y melancólico que sonaba en la copa de los molles y formaba remolinos de polvo en el camino. Ahora sí golpeo el llamador que antes no había visto. Espero; mientras tanto, en ademán mecánico arreglo el nudo de mi corbata y en ese momento me doy cuenta de que la llevo puesta, lo que no ocurría desde hace mucho tiempo. Sonrío apenas, sin saber por qué. También me había peinado mojándome los cabellos. Nadie acude y vuelvo a llamar. Por el callejón pasa un hombre detrás de una vaca, ambos caminan con indolencia y el hombre me saluda sin mirar. La niña que ya conozco acude a la puerta cancel y entro por el zaguán hacia una galería estrecha y fresca que bordea un patio de piedra; en el centro del patio hay un ruinoso aljibe de cuyos bordes, dando un salto huye un gato. Allí me quedo solo hasta que oigo crujir levemente una puerta por donde avanza Zenobia. Tiene puesta la misma ropa que el día del velatorio y su maquillaje es el mismo, pero hallo distinto el color de sus ojos. No contesta mi saludo pero sonríe. Le agradezco la invitación y ella me indica que la siga adentro.

Aunque la habitación es amplia no lo parece tanto debido a la cantidad de muebles. Son muebles viejos, algunos cubiertos por sus fundas de liencillo, otros cubiertos de polvo. Las ventanas que dan al callejón están cerradas, el cuarto casi en penumbras, como una sacristía. Hay un vago olor a chocolate quemado, a cera de velones, a siesta en provincia. Nos sentamos frente a frente y trato de observarla con discreción. Es vieja, pero la seguridad de sus manos blancas y pequeñas es notable. Tampoco sus ojos, por momentos escurridizos y de pronto atentos e implacables como los de un pájaro, son los de una anciana. Enseguida aparece la niña de siempre, con una bandeja y dos copas a medio llenar de jarabe de quirusillas.

—Viene del Sur —dice ella.

—Sí —digo.

—El jarabito. Aquí no lo sabemos hacer. Desde que llegó el ferrocarril aquí ya no sabemos hacer nada.

La chica que había traído la bandeja y las copas se quedó en pie detrás del sillón de su patrona y ya no se movió ni dijo una palabra. Tampoco Zenobia volvió a hablar pero me observaba atentamente y en sus ojos creía ver por momentos la expresión de una ingenua ternura pero también, otra vez, la tensión acechante de un pájaro.

—Estoy de camino —dije.

Ella sonríe, comprensiva.

—¿Viene usted de allá?

—Sí.

—He oído decir que La Quiaca está llena de extranjeros y de turcos. ¿Usted ha ido a verlos también?

—No. Los he visto hace mucho.

—Yo nunca los veré —dijo ella—. Mi padre decía que la gente debe vivir y morir en el lugar en que nació. El abuelo de su abuelo fundó este pueblo y construyó la iglesia, antes, cuando había caballos y se criaban al aire libre.

–¿Hace mucho, entonces, que usted no viaja?

–¿Viajar? En realidad nunca he viajado. No he abandonado estas paredes desde que ocurrió lo que usted sabe.

–¿Lo que ocurrió? ¿Qué es lo que ocurrió?

Ella me miró divertida.

–Si no se lo han dicho, ya se lo dirán.

En ese momento la chiquilla, que había salido sin que me diera cuenta, entró con una cesta repleta de higos.

–Son para usted –dijo Zenobia. Otra vez sus ojos parecían observarme desde el fondo de una máscara–. Se los llevará, ahora.

–Debe haber sido bella cuando joven –digo.

–Lo eran, las dos.

–¿Las dos?

–El viejo don Cosme tuvo dos hijas iguales, pero una quizá más bella: Zenaida, la que está loca, en el Sur. Se parecían como dos peras del mismo árbol. Pero una era triste y la otra alegre. Una se preocupaba por los animales, la otra por los sembrados; su padre, el viejo Cosme, después de las expropiaciones no volvió a hablar y al poco tiempo murió. Ellas quedaron solas pero para entonces eran mujeres.

Entonces fue cuando llegó. Pudo haber sido su padre, pero tan sólo por los años; nunca nadie supo su edad sino que, después, muchos la calculaban sobre la base de conjeturas y de algunos de los hechos en que aquel hombre tan flaco y pálido dijo haber intervenido o algunos rumores le atribuían haber intervenido de una u otra manera. En los pueblos chicos la memoria suele ser más obstinada y prolija en los detalles. Llegó, dicen, casi enseguida —dos o tres días después, quizá— de la alarma general causada por una nube de polvo en el camino que avanzaba rumbo a la capital y que las autoridades confundieron con tropas sublevadas; entonces convocaron a las milicias urbanas y resultó ser una tropa de vacunos a la estampida. Llegó, una tarde, montado en una mula que después mató de un tiro (una forma de notificar a todos de que ya estaba dispuesto a quedarse aquí para siempre), flaco, macilento, de cabellos y barba rojizos, calzado con botas no de fuelle sino abiertas por delante y abotonadas y cubiertas de barro y estiércol seco.

Don Plácido, en su despacho —sentados frente a frente bajo la luz de la llama perezosa de un quinqué— dice:

—Nadie pudo sospechar que iba a matar a su mula; quién sabe desde cuándo andarían juntos. Tan amañados vivían que el animal lloraba cuando él, en sus caminatas por los cerros buscando piedras, lo dejaba solo en el huerto de las niñas. Ahí lo mató, de un tiro.

Otros cuentan que llegó herido y pidió albergue en la primer casa que encontró viniendo desde el poniente. Esa casa era la de las señoritas. Y agregan que fue de noche. Decenas de años han pasado y desde entonces muchos testigos han muerto, pero el tiempo es el espacio de la historia y a medida que los años transcurren los hechos se transforman y enriquecen.

Hacía mucho que el plan de los viejos pobladores para apoderarse de las tierras había fracasado. Aquellas tierras sólo retenidas entonces como semillero de siervos para el Sur, envilecidas y desperdiciadas. Este hombre, venido desde lejos, había intentado según algunos acaudillar otra vez a los antiguos sublevados, ahora ya cansados, resignados o degenerados por la pobreza y la violencia; pero nadie pareció entenderle y cuando él mismo abandonó la empresa se dedicó a buscar pepitas de oro por los relaves de Cochinoca y Rinconada.

—Con ese oro quería pagar la construcción de un barco para navegar desde el río Lavayén hasta el Bermejo y demostrar así que se podía salir

flotando al océano Atlántico desde estos pára-
mos. Ya lo ve –dice don Plácido– sus sueños
eran más grandes que este pobre país.

Don Plácido se levanta de su asiento, camina penosamente los pocos metros que nos sepa-
ran de los anaqueles y saca de entre otros un libro grande, polvoriento y gris.

–Mire, aquí está. No era un disparate su
plan. Éste es el diario de un fraile franciscano
vagabundo y ahí están los mapas dibujados
–sopla el polvo y luego, pensativo, acaricia la
tapa del libro como si estuviese vivo–. Pero no
todo está en éste, sino en el otro, el que desapareció con el incendio de la casa.

Escucho a este hombre débil, librado ya a la
medicina de los días –en cuyo pasado hay seguramente un niño víctima del paludismo, ateri-
do por las fiebres, arropado en una manta, inmóvil al sol de la mañana, presa de feroces
escalofríos– a este hombre que habla como si
estuviese mirando absorto lo que cuenta y
comprendo que la vida no tiene años sino imágenes, y que cada vez es la primera vez.

Don Plácido, como todos los de aquí, no ha
viajado, no se ha aventurado más allá de unas
leguas a la redonda, pero eso es bastante. Él ha
puesto los límites al mundo y dentro de esos límites lo ha ahondado. Porque aprender a limi-
tarse es el primer paso para aprender a ser feliz.
Un manojo de leña, una yacija, la luz del sol en

las mañanas, un vaso de vino; es lo que pienso que quiere decirme.

—Aprender a morir no es necesario ni útil — ha dicho ayer don Plácido—. Todos moriremos sin necesidad de aprendizaje.

Cuando su mujer huyó no fue en su busca ni hizo denuncia policial alguna, puesto que razonó que si ella podía vivir sin él, parecería una vergüenza que él, a su vez, siendo más fuerte no pudiera hacer lo mismo.

Estos hombres son como son; igual que los demás. Pero uno no puede dejar de ser maniqueo, sobre todo cuando ha puesto las ideas por encima de la vida.

—¿Él la quería? —pregunto—. ¿A cuál de las dos? ¿Por qué ella no se fue con él?

—Las mujeres son diferentes —dice don Plácido. La enagüilla de la lámpara se mueve ahora imperceptiblemente mecida por una suave ráfaga de aire que entra por la puerta entreabierta del despacho—. Las mujeres están hechas para ceder porque tienen el cuerpo más débil y siempre tienen ganas. El hombre es más loco, y también más tonto.

Ante la lluvia o contemplando el fuego —como ahora— los recuerdos regresan más fácilmente. En una habitación cercana alguien trata de arrancar acordes de una guitarra. Es un amanecer frío y confuso. Muy pronto estallarán las bombas señalando el comienzo de la fiesta. También el santo encerrado en la sacristía espera el alba. Obra de un imaginero ciego, con sus ojos gitanos hechos de trocitos de basalto incrustados brillando en la oscuridad, reposa sobre unas angarillas de palosanto que –luego de tantos años– conserva su perfume. Ya nadie aquí talla ni pinta imágenes. Los negocios del Sur proveen otras en serie (si a eso que llamamos progreso le pusiéramos un nombre horrible, nada sería lo mismo). He pasado toda la tarde de ayer en la biblioteca –bajo la discreta vigilancia de don Plácido– buscando la historia de este santo, sin hallarla. "Puede estar aquí –dijo él, señalando unos gruesos libros parroquiales–; o tal vez no. Quizá se lo llevaron hace mucho tiempo, cuando esto estaba abandonado y buena parte de los archivos, asientos de bautismos y casamientos fueron robados para encender fuego, o para otros usos vulgares."

Cuando era joven soñaba con aventuras en el mar o en el desierto, buscando siempre algo incierto –puesto que la aventura no es más que eso– pero en aquellos sueños era más espectador que actor, y el paisaje, duro e inmenso, donde los hombres se movían, era lo primordial; allí siempre llovía, nevaba o rugía el viento; el sol era como un enigma remoto, esquivo. Y yo vivía en una cabaña o una casa de piedra, en un refugio cálido y solitario. Cuando dejé de ser joven abandoné estos sueños a cambio de la acción, olvidando que cuando vivimos sólo por la acción caemos en el engaño de que el tiempo y el espacio son infinitos.

Ahora los rasgueos de guitarra han cesado pero escucho el sonido monocorde de un erke, no lejos, tal vez en la plaza aún desierta. Seguramente es el erke de Jacinto, a quien he conocido, borracho y alegre, la semana pasada aquí en el almacén de doña Justa.

–Ahorita está así –dijo ella–. Pero ha de ver: lo contratan de todos lados, hasta de Sococha, República de Bolivia, para tocar; porque es muy apoderado de su arte.

Se llama Jacinto Pez y vive no muy distante del cementerio, concubino y protegido de una mujer que lo dobla en años, gorda y de labio leporino. Jacinto ha abandonado todo trabajo manual y son célebres sus conciertos de erke. La mujer gorda, viuda o abandonada de un contrabandista es curandera por rito oral y manual y se rindió pronto al hábil Jacinto, cuyas armas son, precisamente, tocar el erke y sonreír. En los días de fiesta, como hoy, en la plaza o en el patio de su casa, a la intemperie, reina Jacinto rasando la cabeza de sus admiradores con los rítmicos vaivenes del erke. Hacia el mediodía la mujer gorda y sus seis hijos presiden el comienzo de la ceremonia, que a veces se inicia sin visitantes.

Semiabotargado por la borrachera de la víspera, Jacinto acude a la plazuela y comienza a soplar breve y gravemente. Un rato después hay una multitud alrededor. Jacinto sopla y se contonea, se transforma y crea un mundo de sonidos, de sólo dos o tres notas, y su cara está mojada y sonriente, hinchadas las mejillas. El sonar del erke es monocorde, impresionante, espeso y pacífico, lo contrario de la estridencia. Y su ritmo es también el suave ondular de la caña en cuyo extremo luce una pluma de avestruz.

Este espectáculo y estos sones llegan a mí junto con otros, ya muy lejanos. Una abigarrada multitud y en medio de ella, pero abriéndoles paso, un grupo de penitentes descalzos cargando hatos de espinos sobre sus hombros ensangrentados. Y un hombre agonizante que antes de morir mata a su perro porque teme irse solo. Los muertos enmascarados de los toltecas; o, aquí, los cuernos de toro en las cumbreras de las viviendas, como pararrayos de la vida.

Hacia la tarde cruzada por jirones de un rojo desvaído, el santo sale en hombros entre bombas de estruendo y música. Estos hombres no tienen una idea religiosa firme –puesto que no saben exactamente qué es el mal– ni palabras elocuentes para la desgracia o la alegría, pero cantan y bailan cuando quieren expresarla.

También el ascetismo destruye; la soledad exagera los sentidos o los deforma y nadie puede vivir siempre solo, porque cada hombre se realimenta en el otro.

Desde hace días busco asiduamente a don Plácido para charlar. Hay algo que me atrae en él, tal vez sea su dificultad de comunicación, la terquedad con que se aferra y resiste en este desierto que es su vida, su desgraciada historia personal.

De todos los que he conocido moribundos o muy próximos al final, don Plácido es el único que no habla de la muerte con lisonja o dignificándola. Por el contrario, parece despreciarla con rencor, estar dispuesto a oponerse a ella con todas sus fuerzas. Pero sabe, naturalmente, que no podrá ahuyentarla cuando llegue.

"¿Qué significa la vida?" Ésta es quizá la más vieja de las preguntas. Pienso en aquel jovencito, un vecino amigo de mis hijos, apresado y sobreviviente por un milagro. "Me golpearon al detenerme —mi madre había salido— pero ya en el coche se calmaron. Yo iba entre aquellos hombres en silencio, al amanecer y observaba sin proponérmelo hasta los menores detalles en las calles desiertas: un perro hurgando en un cubo de basura, una mujer abrigada en su batón oscuro recogiendo una botella de leche junto a la puerta.

No me habían esposado y en un momento me llevé las manos a los ojos, suavemente y noté que tenía los párpados hinchados, casi insensibles a causa de los golpes. '¿Sabés rezar?', me preguntó uno de los hombres. Nunca voy a olvidar la tranquilidad de su gesto al encender un cigarrillo. A poco andar me cubrieron la cabeza con una manta y me obligaron a echarme en el suelo del coche. En aquel momento me preocupaba tan sólo por la aflicción que sentiría mi madre cuando hallara las manchas de sangre."

A él no le afligía la muerte ya que no la esperaba. Y aunque le hubiese afligido todo hubiera sido igual; porque no podemos hacer nada con ella, salvo adelantarla. Ése es nuestro único acto libre, y nuestro único riesgo, respecto de la muerte. Se lo digo a don Plácido. Algo en él me anima a hablar de esta crisis de locura que de pronto ha caído sobre nosotros, de esta borrachera delirante pero fría de terror y de sangre que a la memoria no le gustará retener.

—¿La vida? —dice él, encogiéndose de hombros, sin mirarme. Entiendo su indiferencia: solamente hay necesidad de definir lo que se quiere cambiar.

Él pone sus manos sobre la mesa —ahora parece mucho más viejo que ayer—, unas manos insospechablemente pequeñas y delicadas.

Desde que llegó, Zenobia y Zenaida se turnaban para cuidarlo, y él no salía de su habitación, casi siempre a oscuras o mal iluminada. Cuando estuvo otra vez fuerte empezó sus correrías en busca de oro: tres o cuatro días en un rumbo, una semana en otro. Regresaba barbudo y taciturno. Y era entonces cuando algunos de los vecinos solían verlo, paseando con Zenobia, que parecía más bien pequeña a su lado, entre los árboles del huerto.

En el primer intento, el hombre flaco gastó tres meses y varias pepitas de oro, que había ido guardando en un tarro vacío de té a medida que las hallaba. Tres meses en que cambió su astillero de un lado a otro en aquellos esteros llenos de tábanos y culebras. A él y sus dos ayudantes —indios chaguancos— les faltaban conocimientos para esta clase de obras.

Primero construyó una canoa de nueve varas de largo por dos tercios de ancho; con ella se hizo al agua pero en los primeros treinta días sólo avanzó tres leguas. Fue entonces cuando decidió construir una embarcación más grande, un barco de ocho varas de quilla y el costillaje de algarrobo. Con ésta avanzó sólo un poco más porque la madera de algarrobo la hacía muy pesada y cuando las aguas disminuían debía quitar el timón y los remos y fiar el gobierno de la embarcación a los botaletes.

—Debían haber anunciado su casamiento. O la gente creyó que iban a hacerlo —dice don Plácido—. Yo fui quien escribió la carta a Gath & Chaves para que mandaran el catálogo. Era un libro gordo donde había de todo, con sus precios. Luego mi mujer la ayudó a marcar con una cruz debajo de las figuras de vestidos, zapatos, sombreros, y se envió la carta. Uno o dos meses después llegaron cinco cajas; pero ella nunca mostró lo que venía adentro.

Después de aquel intento regresó. Ya estaba seguro de cómo hacerlo y se dedicó a buscar más oro.

—Yo nunca vi las pepitas —dice don Plácido—. Pero todo el mundo habla del oro.

Yo bebo té de té y ella agua de azahar. Donde estamos sentados —la galería que da al huerto—, al atardecer parece el escenario de un teatro delicadamente iluminado por una luz que anuncia el claro de luna. En la galería, además de la mesa y cuatro sillas, hay un armario alto y fuerte con un espejo manchado por el tiempo. Sobre el armario, cerca de donde Zenobia está sentada, hay un bote de cristal lleno de tierra o cenizas.

—Lo tengo siempre cerca mío —dice.

–¿Sabe usted algo más de aquel viaje? ¿Sabe dónde está él? ¿Qué nombre tenía el barco?

–Zeta –dice ella.

–Zenobia...

Sus ojos brillan en este escenario ya débilmente iluminado.

–Sí –dice ella–. Y Zenaida.

–¿Eran ustedes gemelas, quiero decir nacidas al mismo tiempo?

–No.

El aire que movía hasta hace poco la copa de los árboles ha cesado por completo, y ahora los árboles parecen más grandes y más numerosos a medida que el día se desvanece. Era también ésta la hora en que en mi casa cerraban los portales para desencadenar los perros guardianes.

–¿Él había leído mucho? Es decir, cuando planeaba lo del viaje ¿qué leía? Don Plácido me ha dicho que le prestó unos libros.

–Sí, pero no sabemos cuáles. Se encerraba en su cuarto para todo, hasta para comer.

–¿Cuál era su cuarto?

–Ya no existe. Se ha quemado.

Él se encerraba para comer. Jamás nadie lo había visto comer, se negaba a hacerlo en público porque sabía que otros comían menos o no comían. Por eso no podía ser dichoso, porque pensaba en los demás. Ésta era su contradicción, pretender vivir su propia aventura en un mundo donde debía estar con los otros y, además, sabiendo que los hombres mueren solos. Por todos lados y en todo momento sentía la mirada de Dios que lo observaba. "La obsesión de Dios es haber creado el mundo de esta determinada manera y no poder modificarlo" –cuenta don Plácido que el hombre escribió en la portadilla del libro devuelto. Y ésa fue también su desgracia.

Un día al regresar encontré en mi habitación un plato con un par de quesillos frescos sobre la mesa y una carta.

–La ha traído la chica en denantes –dice doña Justa.

–¿Qué chica?

–Mi sobrina, la que está con ella, doña Zenobia. Mi hermana, que en paz descanse, ha servido en esa casa muchos años; y al morir dejó la chica ahí.

La letra de la carta, cursiva inglesa, típica de viejo funcionario, era de don Plácido –luego lo sabría– pero la firmaba Zenobia. Me enviaba sus saludos y me invitaba a comer al día siguiente.

Doña Justa permanecía en la puerta del cuarto, sin mirar adentro. La invito a pasar y a sentarse pero ella se niega.

–No –dice–. Ya mismo estoy saliendo –y comienza a andar lentamente, aunque enseguida se detiene y dice–: No querrás casarte con ésa.

La miro asombrado y tal vez divertido.

–¿Casarme? Ya estuve casado.

–No importa... Pero no te vayas a casar con la *niña* Zenobia. Ella ha de querer porque creerá que sos. Pero no sos.

–¿No soy quién?

–Nada –dice ella–. Nada.

Mis recuerdos me llevan de un lado a otro. Ahora es de noche. Mis padres deliberan. Han decidido que debo irme a estudiar a la ciudad. La imagen siguiente es, junto a mi padre que me lleva, la del tren saliendo de la pequeña estación, y mi perro que corre desesperado detrás del tren, detrás de mi niñez que se va para siempre, hasta perderse de vista. Luego vendrán aquellas casas sucesivas de mis parientes cada vez más lejanos, donde no volvería a ver ningún árbol.

Durante toda mi vida las mudanzas de lugares estuvieron ligadas en mí, no a la curiosidad, ni a la esperanza o el asombro, sino a las pérdidas y la melancolía.

Es verdad lo que dijo don Plácido. Por aquí no se va a ninguna parte. Y sin embargo nunca en ningún lugar me he sentido tan pasajero de la vida y al mismo tiempo tan aferrado a estos momentos, tal vez precisamente porque los sé más fugaces que otros o porque, siendo consciente de mi fuga me esfuerzo dolorosamente por retenerlos. Quiero dejar atrás la estupidez y la crueldad, pero en compensación debo retener la memoria de este otro país para no llegar vacío a donde viviré recordándolo.

¿Es esta gente la que no existe, o soy yo quien ya no está?

Le he preguntado a Zenobia:

–¿Cuando por fin él logró construir el barco, se fue para siempre?

–No. Después volvió.

–Ella lo tiene –dice doña Justa–. Lo tiene encerrado en ese frasco. Él está ahí, desde el incendio. Cuando él regresó dijo que estaba enamorado de la otra.

–¿De Zenaida?

–Claro. Dijo que había soñado once veces seguidas con la otra y venía a decírselo. Mi hermana, que en paz descanse, lo oyó.

–¿Y después?

–Después nada. Sólo escuchó unos alaridos y tambіén unas risas.

–¿Está segura?

–Mi hermana era medio faltita. No podía mentir. En este mundo sólo son buenos testigos los ojos y las orejas de un inocente.

Después caí enfermo, unas fiebres pertinaces me retuvieron en cama durante muchos días, de los cuales recuerdo alternadamente el claroscuro de mi habitación y de vez en cuando la imagen de doña Justa trayéndome un jarro de leche de burra para beber. Avanzaba el invierno y los días eran casi iguales a las noches, el aire frío inmóvil, sin sol; el cielo claro, despiadado. Nadie pasaba frente a mi ventana. La gente había desaparecido de las calles.

Al cabo de todos estos días la fiebre ha desaparecido y he perdido mucho peso. Soy ahora, también, un hombre flaco y macilento.

Cuando aquella noche ocurrió el incendio los perros se soltaron y así nadie pudo acercarse a la casa envuelta en llamas que un viento fuerte avivaba. Salvo las habitaciones y el patio anterior que sirven todavía, todo quedó convertido en cenizas humeantes y ruina. Dos días después encontraron a Zenaida desnuda y casi muerta de frío, oculta en el huerto. No hablaba. Poco después se la llevaron al Sur.

—Mi padre era propietario de todo esto, ¿Lo sabe, no? —dice ella—. También de la iglesia, que después expropiaron, pero a mí me dejaron las llaves. Poco me acuerdo de él. Sólo recuerdo con claridad su voz fuerte atronando por la casa cuando, luego de recorrer a caballo el par de leguas polvorientas de la finca llegaba montado hasta el patio, con las puntas de su poncho prendidas por dos trabillas a los hombros para que el sudor del caballo no las mojara. No recuerdo a mi madre, murió en el parto.

Estoy aún convaleciente y me arrimo un poco más al fuego del gran brasero en el centro de la sala.

—Hace frío —digo, por decir algo. Ella hurga el fuego con una vieja tenaza y las llamas se levantan airadas; quizás ha visto algo en mis ojos, pero vuelve a sentarse y dice:

—Sólo el frío mata. Sólo está muerto lo que está rígido, helado. No mata el fuego, sino el frío.

He olvidado en mi mano la copa de licor dulce que me han servido al llegar. Ahora, al recordar, dudo de que sea cierto lo que esta mañana he escrito en mi cuaderno: "El pasado es un equipaje inútil y pesado que por nostalgia o cobardía nos negamos a echar por la borda". En este momento siento que todo es el pasado entre nosotros.

Entonces pregunto:

—¿Qué fue de él, Zenobia?

Sus ojos oscuros detrás de la máscara empolvada me miran por un instante.

—Será ya viejo, como un montón de tierra.

—¿Qué fue de él, entonces?

—Se fue. Yo lo dejé ir. No me importaba —dijo, con una voz de pronto ajena, remota y débil. Pero segurarnente pensaba: él vino y me lo dijo. Me di cuenta de que los hombres son locos, como niños. Él no lo entendía, nunca lo había entendido. Él y yo éramos cada uno como el sueño del otro. Sus barcos, el oro, estas tierras que ya no serían nunca más cansadas ni pisoteadas, ni muertas y olvidadas como un viejo papel ajado y en cambio renacerían para ser otra vez como fueron, cuando las gentes se alimentaban de sus propias manadas y sus casas tenían techo con plumas de pájaros y cada perro tenía su fogón y su dueño. Pero ahora ¿quién tendrá la fuerza capaz de transformar esta tierra decaída en un paraíso? Ahora los asesinos, los locos, la sal, el viento se han apropiado de todo. Hubiera podido compartirlo aunque no todo: el plato y la sombra, la hechura de los sueños. Sólo amamos y admitimos una parte del otro, no todo. Pero entonces él vino y dijo que el río le había abierto también los ojos, y esas aguas, ese mar, donde habría peces con fauces de esmeraldas... su orgullo y su locura ahora tan grandes como esas aguas que sólo la muerte podría aquietar.

El brillo aparente de sus ojos se apagó. Otra vez el fuego del brasero se cohibía.

—¿Qué fue de él? —pregunté.

—Se fue esa noche —dijo—. Esa noche se fue
por un atajo.

—Pero nadie lo vio.

—No —dice ella.

Y otra vez sus ojos miran intensa, remota-
mente.

El primero que llega a despedirme la mañana
en que me voy es don Cayo. Ahora es el perro
quien se ha quedado en la puerta. Ayer me han
entregado una carta, una triste carta que ya he
leído varias veces y llevo plegada en el bolsillo.
Anoche he preparado el bolso con que viajo. Lo
último anotado en mi cuaderno es una fecha:
"Diciembre, 18", pero la página está en blanco.

Cuando salgo al patio me acuerdo del viejo
que aquí murió y velamos. De todos nosotros
ha sido el primero en irse.

La mañana es clara y fría y todos me han
traído algún regalo. Doña Justa me ha dado un
manojo de albahaca para colirio de mis ojos y
vuelve a repetir cómo debo prepararlo.

—Acuérdese —dice—. Y acuérdese de nosotros.

—Sí —repiten los demás. Pero nadie me mira.

Don Cayo con timidez me regala una linterna y don Plácido —observo que tiene puestos
sus zapatos nuevos de color ámbar— me entrega
un libro. Es un pequeño volumen encuaderna-
do en piel de cabra.

–Llévelo –dice–. Aquí ya nadie lee... Está prohibido –agrega como si fuese una broma; es la primera vez que escucho este tono en sus labios. Y los demás ríen también, exageradamente, sin comprender.

IV
Hacia la frontera

Aunque sabía que andando no se va a ninguna parte, como dijo don Plácido, he decidido rumbear hacia el Norte. Por donde voy no hay camino, sólo un sendero borroso que a trechos en el llano desaparece para renacer en las laderas, más adelante; no voy de a pie sino montado en la mula que he comprado a Cayo, el compartidor de aguas al cabo de un larguísimo y complicado trato. "Ella está vieja", dijo, "pero es muy amañada; cuando ya no la quiera, déjala ir; no la mate ni la venda; no la he querido vender a esos que fabrican fiambres, para *cornebé*; no podemos hacerle eso. Déjala ir, cuando ya no la quiera". Se lo he prometido así y entonces me dio la mano. El precio ha sido en valores de antes, sólo unos pocos centavos. Junto con la mula me ha entregado su escritura en una hoja de cuaderno: "Yo, Cayo Vargas, soltero, mayor de edad, vendo, cedo y transfiero un semoviente mular a...", que aún conservo. "Cuídela", dijo en la despedida, "Y haga lo que ella diga". Así, fue la mula en realidad la que decidió ir hacia el Norte.

Ya habíamos recorrido tres o cuatro horas de camino desde que el sol comenzara a iluminar los picos nevados del Oeste y la mula y yo éramos los únicos seres presumiblemente vivos de la Tierra; ni siquiera el viento se movía. Al cabo la mula decidió entrar en un desfiladero sombrío de pizarras devónicas donde paramos. Descabalgué y sin quitarle el cabezal, apreté la punta de las riendas con una piedra. Sólo se veía el cielo muy alto y luminoso y el horizonte vacío. Pero la mula de un tirón liberó las riendas y comenzó a andar, lentamente, como indicándome que ese lugar no era el sitio propicio. A una media legua estábamos en un paisaje completamente distinto, en una orgía de colores minerales en capas superpuestas como las franjas de una bandera alegre y descomunal, sin una planta, salvo las yaretas con sus pequeñas flores amarillas, el color primordial (lo amarillo es lo primero que ve un niño a poco de nacer y lo último que muere en la retina de un hombre que enceguece paulatinamente). En tiempos en que yo, apartando los gruesos volúmenes de jurisprudencia que habían sido durante buena parte de mi vida el nexo con la historia, apelaba a libros de biología y botánica, había aprendido que el nombre *científico* de esta planta era el de *azorella*: se expresa –¿se expresa ante quién?– con diminutas flores amarillas que al morir de un lado renacen del otro. Ellas son los lirios de este campo áspero y esquivo. Aquí la mula quiso descansar, y a poco me enteré de que había agua. ¿Hacia dónde iba yo? Otra vez me lo preguntaba. Huía en busca de la vida, y en esto seguramente no estaba de acuerdo con la mula; ella no huía puesto que aquí, para bien o para mal estaba la única vida posible. Volví a observar las pequeñas flores amarillas, inquietantes como un sueño olvidado, como un relámpago de vida.

Había leído alguna vez: la vida ya no está en la naturaleza, ni en el mar, ni en las praderas, sino en las calles. El aire acumulado en el desfiladero que habíamos dejado atrás acababa de nacer y, convertido en viento, iba a asolar el páramo. Aflojé las alforjas para sacar el poncho con que abrigarme, busqué un refugio y dos o tres piedras para conchanas y traté de encender un fuego pero me di cuenta de que no tenía fósforos. Era el atardecer, pronto sería la noche, y tal vez el viento, la nieve, la muerte comprobé en ese momento también que en este mundo, elegido como un tránsito, tampoco tenía cabida. ¿Era verdad, entonces? ¿Hoy la vida está en las calles, en las ciudades? La mula, como los perros cuando su amo llora solo y en silencio, se apartó unos pasos cara al viento. No, no era quizá la vida lo que estaba hoy en las calles, sino sólo la historia. Éste era el consuelo de un hombre inerme, de un hombre como casi todos, que ha desterrado lo sagrado a causa de la razón y que ya no puede ver lo sagrado en la razón. Me ciño el sombrero hasta las orejas y agarro las riendas de la mula para llevarla al amparo del farallón. Ella se deja guiar, como un anciano de la mano de un niño. Allí trato otra vez en vano de buscar con qué encender fuego. Me parece que el cielo comienza a oscurecerse. Las calles, las ciudades, los recintos planificados por la estética, la asepsia, la política. También por las ideas, la represión, la policía, la competición y la muerte; la seguridad por el orden, que sólo nos conduce a la locura o a la estupidez. Mi pasado está allí, en algún lugar, pero aún apresado en él ya no le temo. Siento que la vida es como un relámpago, una suma de relámpagos aislados, irregulares e intensos. Y el recuerdo no es más que la busca de esos instantes perdidos.

De cuclillas bajo el poncho, refugiado al abrigo del farallón junto a la mula, escampa; el cielo vuelve a su claridad original, y en lo alto el vuelo de un águila anuncia que el viento se cohíbe, que la noche es prematura.

Pero yo recordaba el fuego y apuro el viaje.

Ahora que he decidido partir no quiero dejar nada de lado, como quien sabe que no comerá pan ni tendrá sal durante mucho tiempo; como una hormiga, precavido. Sé que es absurdo lo que estoy pretendiendo hacer: cambiar deliberadamente; observo la mula y sé que no es éste ni el medio ni el camino, pero sé también que no quiero, no puedo aceptar la servidumbre de este tiempo. No quiero una vez más renunciar a una parte de lo que quise ser y no fui, no quiero renunciar a nada, renunciando a todo. Morir es fácil, también es posible vivir callando siempre que se nos permita callar, pero quiero vivir sin rechazar nada de la vida. Siento que ha llegado el momento de probarme: si existe la soledad, el desamor, la humillación, ahora podré verles la cara. No hablo de una moral o de una disciplina, sino de la suerte, de la experiencia de escoger mi propia suerte. De mi vida sólo valen los días de mi niñez en el verano y ciertos instantes fugaces pero duraderos, capaces de retornar siempre, esquivos e imprevistos. Ahora me voy, pero sólo me voy de aquí. Sé que irse es un acto de desamor y que nadie es más egoísta que aquel que corre tras su propia suerte. Pero mi suerte, lo que busco, está más allá del placer, aunque no más allá de la aventura. Esto será mi talón de Aquiles. Estoy llamando al invierno, que siempre es obediente y solícito. Escribo esto en el cuaderno apoyado en mis rodillas, el lápiz se ha gastado y le saco punta desgarrando con cuidado la madera con las uñas. Estos apuntes, como toda confidencia, serán también una enumeración de errores, o de equívocos, puesto que lo que uno escribe no será precisamente lo que los demás leerán.

Otra vez en camino. El sol se ha ocultado pero no su resplandor que se proyecta, gracias a la nieve de las cumbres, como una atmósfera teatral sobre el horizonte. El águila, temerosa o precavida no sobrevuela ya sobre nosotros cuando, a no mucha distancia descubrimos una delgada, casi imperceptible columna de humo. Sólo a tiro de piedra descubro la casa, confundida en la tierra. Todavía cabalgado llamo. En la casa están una vieja y un niño.

–Hace rato que lo he visto llegar –dice la vieja. El niño se agarra a su refajo tratando de mirar y de ocultarse. De vicio llamar.

–No sé ni dónde estoy, señora –digo.

Nunca esta gente pregunta adónde va uno, lo cual ahora es bueno para mí, que no lo sé, sino de dónde viene. Se lo digo.

–Aquí es otro lugar –dice–. ¿Querrá usted apearse? –pregunta, cuando ya lo estoy haciendo–. El padre de éste –refiriéndose al niño– está en la zafra; la madre se ha muerto de parto y yo voy para la tierra –dice, resumiendo como una forma de cortesía hospitalaria–. ¿Y usted?

También yo siento que debo retribuir, pero sólo digo que estoy de camino.

–Minero. O mercante –dice la vieja, pero no como pregunta sino como certeza. Con mi silencio me arreglo.

–No hay nada que buscar aquí ahorita– dice.

–Sólo un poco de fuego –digo–. Y un cobijo.

–De eso habrá –dice la vieja–. Esa mula –agrega–. ¿No la estoy conociendo? Déjela que ramonee.

Busco en la alforja un poco de chocolate, que está duro y quebradizo como una laja y se lo doy al niño; él lo toma y lo deja sobre una piedra; nunca ha visto el chocolate ni sabe qué hacer con él. La mula, liberada del cabestro, se rasca el cogote contra un palo del corral. El fuego está encendido en la única habitación de la casa. Era el crepúsculo y había comenzado a nevar.

La anciana acomoda las piedras del fogón, separa las cenizas, escoge los tizones, sopla sobre las ascuas y el fuego renace; entonces ella lo alimenta con tres manojos de raíz de tola; las llamas enseguida se encrespan, tornasoladas y verticales con las puntas fluctuantes como serpientes en acecho, se ensanchan y adelgazan desalojando el humo y esclareciendo la habitación vacía.

La anciana de pronto pone en mis manos una rama seca y me mira a los ojos por primera vez; creo comprender y en silencio echo la rama al fuego.

–Acomódese –dice–. Pero no tan cerca. No le pida demás.

–Se está bien aquí –digo–. Junto al fuego. Yo no he podido encender uno en el camino. Tengo frío.

–Sí –dice ella–. Si yo no hubiera encendido este fuego, no te acordarías tanto del frío.

La visión del fuego me reanima y meciendo el pensamiento como un trapo agitado por el viento, mueve mi lengua. Es verdad, sólo el fuego explica la muerte. Y la vida. Ella –Zenobia– tenía razón. El frío, la helazón detiene esta vida tal como es: inerte y rígida, atroz; como un bulto que impide la libre ambigüedad de la memoria. Pero no el fuego. Todo lo que ha pasado por el fuego se convierte en incorpóreo y sigue viviendo.

–Mañana cuando me vaya –digo– te dejaré coca. ¿Quieres un poco ahora?

Ella me mira otra vez. ¿Cuántas veces he visto fugazmente el mundo a través de la mirada de un viejo? Sus ojos tienen ahora un brillo, una luz que se levanta desde una humillación fastuosa y resignada y dicen que sí. Esta mujer es muy vieja ya para decir "no sé", para defenderse del mundo de los otros detrás de la precaución y dice que sí. Dejo un puñado de hojas en su regazo; me abrigo en el poncho junto al fuego y no la vuelvo a ver.

Al amanecer retomo el camino. Tampoco

vuelvo a ver la mula. Sólo me quedo con la "escritura de venta" en el bolsillo. Una vez más me doy cuenta de hasta qué punto no soy más que un forastero de paso.

—Antes de cruzar la frontera hay una escuela —me había dicho la vieja esa noche—. Después, nada.

Continúo entonces por el mismo camino, más bien adivinándolo que viéndolo.

Ahora que sigo de a pie, no es un águila sino dos las que se turnan y sobrevuelan muy alto. Conozco lo azaroso del camino y no me apuro. No llevo mucho encima ni me pesa, sólo una alforja ligera; todo lo demás se lo ha llevado la mula en cuanto supo que podría andar solo y recuperó su libertad. Y cuando es otro atardecer y otra vez extraño el fuego, la cumbrera alabeada y bermeja de la escuela al fondo de un valle solitario y verde, me devuelve la confianza en los pies.

Mi afán era obstinado o loco: no querer que hubiese —al irme— un palmo de esta tierra que yo no recordara. La tierra como el cuerpo de una mujer amada, cada piedra o sendero, cada pequeño caserío, una columna de humo efímero y eterno; un sauce como una pacífica y hermosa obstinación entre el páramo y una ladera a cuyos pies los hombres de aquí siembran y cosechan. Mi infancia en un andén barrido por el viento en Abra Pampa; mi niñez en el regazo de una niñera india; aquellos días, que parecían tan grávidos cruzados por el pasaje de los trenes en la noche como raudos gusanos de entrañas alumbradas por pálidos destellos sulfurosos con su carga de guerra o aventura rumbo al Norte.

Éste será, al menos en mis apuntes, el testimonio balbuciente de mi exilio; pero quisiera que también lo fuese de mi amor a esta tierra y a los hombres, a mis vecinos, en los días en que se acobarda, aterroriza y mata; de la solidaridad, cuando se persigue y acosa; de una rectificación a mi pasado en que viví atrincherado en los volúmenes de la jurisprudencia y de la ley, cuando ignoraba que la justicia agota el amor puesto que la justicia establecida no es más que un fruto seco y soso. El testimonio de alguien que en un momento se había puesto al servicio de la desdicha, que ahora huye pero anota y sabe que un pequeño papel escrito, una palabra, malogra el sueño del verdugo. Pero que también sabe que no se puede servir a la verdad desde la rigidez y la fuerza, puesto que el único vínculo perenne entre los hombres es el entusiasmo, no el decálogo. Tener una patria compartida aun con los malos, con los soberbios, con los que no sueñan ni se equivocan.

La maestra vive sola. Me ha recibido en la puerta y ahora estoy alojado en un cuarto grande que da al naciente. Ella me ha dicho sonriendo:

—Elija usted; son cinco, y sólo ocupo uno como aula.

He elegido uno en el exterior del edificio, que es una construcción burocrática y fría con suelo de mosaicos y grandes ventanas, inadecuado para estas tierras. En la otra punta del edificio, alargado de Este a Oeste, de una sola planta, está el cuarto de la maestra y la cocina. Ella no me pregunta nada; confía en mis modales, en el color de mi piel, de mi barba, de mis ojos, o en la calidad de mis botas; en la historia acumulada de las imágenes. Y yo le miento, digo —sin que me lo pregunte— que soy un filólogo y que recorro el Norte para compaginar un nuevo diccionario de toponimia. ¿Por qué? Me asombro de esta complicación. Quizás ella misma, lo que de ella misma emana o le atribuyo, ha exaltado en ese momento mi imaginación; tal vez esto no me hubiese pasado de ser ella un hombre, o una vieja.

—¿Se quedará mucho? —me pregunta en la cocina adonde me invita a compartir el calor del hornillo y una taza de té.

—No sé —digo—. No. No quisiera molestarla. Tal vez los niños podrían ayudarme. En esto, digo. En el nombre de los lugares.

—¿Ellos? —dice—. ¿Los niños? Son como animales.

La miro entonces. No ha de tener mucho más de treinta años pero ya el pelo está entrecano; sus ojos son oscuros y tristes, luminosos. No es bella, y su piel tiene esa palidez morena propia de los que sin ser de este lugar llevan mucho tiempo expuestos a la inclemencia pura y seca del aire y de la altura.

–Como animalitos –dice.

En mi habitación tengo una lámpara de querosén que alumbra pero a la vez encubre con su luz blanca y azulada. Sobre un muro hay un retrato de Jesús, de cabellos y barba rubios y ojos azules, que señala su corazón sangrante con el dedo índice. En la otra pared hay un retrato del coronel Pringles a punto de arrojarse al vacío para que los realistas no le arrebaten la bandera. Me sorprendo sumergido en estas dos metáforas ya convertidas en lugares comunes. Detrás del cristal de la ventana anochece –anoto esta palabra, ahora enriquecida en mi cuaderno– y en tanto observo deja de nevar, como aquí cuando los hombres envejecen, de pronto, y mueren.

La mañana es gris. ¿Cuántas veces se habrán escrito unidas estas cuatro palabras? Siguiendo mi inveterada costumbre permanezco en cama, casi sin moverme, con el pequeño libro entre las manos (que antes de partir había escogido) y

leo: *Ferox gens nullam vitam rati sine armis esse.*
Afuera, tres habitaciones más allá, la maestra
trabaja con los niños, que no he oído llegar.
Desde aquí no comprendo lo que dicen, sólo
escucho su ritmo, un canto acompasado y monótono y de pronto recuerdo que es el mismo
que yo cantaba y repetía en mi primera escuela
hasta que las palabras, a fuerza de perder sentido quedaban grabadas para siempre. El hombre
sólo amó y cantó una vez; los hombres siguen
cantando y amando siempre del mismo modo,
pero cada quien lo hace como la primera vez.
Éste quizá sea el milagro de la vida: no sólo
acumular sino renacer. *No podemos enseñar nada, sólo podemos enseñar a aprender.* Me he acos-
tumbrado a dormir casi vestido como un vagabundo o como un guerrero medieval, y no me
falta más que calzar las botas. Suena la puerta y
ella entra con una bandeja y una gran taza de
café y un bollo.

—Es el recreo —dice.

—¿Ya? —digo, sin saber qué decir.

—El tercer recreo —dice; sonríe, casi agresiva-
mente como sonríen los tímidos.

—¿Tomará usted también?

—Ya lo he tomado.

No sé qué más decir. Ella deja la taza sobre
un banco que sirve de mesilla y está por irse. A
través de la ventana el paisaje es brumoso y ambiguo como en un sueño.

—Perdón —la detengo—. ¿Habrá aquí quien me alquile algo? Digo, un caballo, una mula. Para salir.

Ella se vuelve con la bandeja en la mano. Ataviada así, con un guardapolvo claro parece de más edad, sin ninguna edad, salvo los ojos.

—¿Para andar? ¿Adónde?

No sé qué decir. Ella tal vez acude en mi ayuda:

—Si usted busca gente, no hay mucha por aquí. Además no quedan mulas ni caballos de sobra. Los que vienen a comprarlos ya han pasado por aquí.

Noto que tal vez se haya pintado, aunque tímidamente, los labios.

—Está bien —digo—. Caminaré.

—¿Caminar? —sus ojos son de pronto más claros. Se ha peinado, creo, apartando sus cabellos hacia un costado, sujetándoselos con una traba de metal esmaltado de color rosa que imita un lazo.

—Mire por la ventana —dice—. Mire.

Sentado en la cama, con las botas puestas miro. Nieva otra vez y el viento afuera se arremolina caprichosamente en suaves o bruscos vaivenes, en espirales, como una rúbrica nerviosa y loca. Miro y veo: el viento y la nieve que cae, y juegan, como ahora mi corazón, mi juventud que tal vez se va, imitando al viento. Esto mismo, este paisaje presente en mí desde la infancia y que ahora veo, porque se necesita haberlo visto durante toda una vida para verlo.

Paso las mañanas en cama y prefiero traducir a leer; o leer traduciendo. Sé que debe haber alguna razón para esto pero no me detengo a averiguar cuál. Mi diccionario de latín es el mismo —lo he conservado como un fetiche de otro tiempo— pero ahora parece domesticado y a la vez dignificado por los años y no es mayor que el libro —una selección de textos— al cual vuelvo saltando sus páginas, escogiendo al azar, o a lo que llamamos azar.

Hoy un niño jugando en un recreo ha tropezado o se ha caído y llora. Cuando lo llevamos adentro tiene ya el tobillo hinchado. Se lo toco apenas y da un grito. No tiene más de diez años, pero él no lo sabe. Nos mira con la entrega y el temor de un animal cazado en la trampa. Ha cesado de nevar y el cielo está claro y blanco como un manto que se confunde con el manto blanco del páramo en el horizonte.

—No podrá andar —dice ella. Ella se llama Ariana. Ariana María. Lo he visto husmeando en el gran cuaderno de *tópicos* sobre su escritorio en el aula. Tampoco ella me preguntó por mi nombre.

Al atardecer todos los niños se van, algunos viven a varias leguas de aquí, pero éste queda. Para sus padres, si los tiene, no será extraña esta ausencia, puesto que los hijos pertenecen aquí al destino, al azar de estar vivos más que a la historia familiar; desde que se van pertenecen a otros: a la maestra, al patrón, a la muerte.

A la noche somos tres en la casa. Ella dijo que no hay fractura de huesos, le ha untado el tobillo con una grasa y se lo ha vendado. No había vendas en la escuela y he ayudado a improvisar unas con un lienzo de cortinas cortándolo en tiras. De esta forma me sentí presente y útil, como un hombre de pronto igual a los demás y, por lo mismo capaz de reclamar un lugar común a todos, aproximado y sujeto. Por eso dije al anochecer "Usted está cansada". Y fue esta frase como mi primer acercamiento a ella. Y al decirla sentí algo extraño: como si recuperara mi juventud, como si la recuperara a partir de una afirmación de la vida, como si estuviese entero en esta pasión humilde y pasiva. Tan al contrario de aquella otra que me había llevado al camino, por la cual sólo a través de la juventud, del horror y de la muerte se podía hablar de una nueva forma de convivencia. Ella me miró y dijo "Sí, estoy cansada". Después me explicó: la grasa le dará fiebre en el tobillo y el calor se tragará el mal. Era como recorrer hacia atrás una civilización olvidada.

—Ahora duerme —dijo ella—. Mientras le haga efecto dormirá. Y el sueño será el doctor. —Otra vez parecía sonreír. Ya no tenía puesto su guardapolvo sino una blusa de gasa verde oscura u oscurecida por la piel de su pecho, en donde vi un trozo de cadenilla, como un collar, como un adorno superfluo, insólito.

—¿Qué hora es? —pregunté.

—Es tarde —dijo—. Haré algo de comer.

Yo no tenía ganas de comer. Y cuando ella salió observé por primera vez que caminaba con dificultad tal vez disimulada.

Si no he contado mal hoy es el décimo día que estoy en la escuela. Cuando el sol está a media altura salgo a holgazanear por los alrededores; el paisaje es plano y vacío, el cielo sin una nube, las montañas como una presencia silenciosa, un descomunal testimonio de Dios. Cuando mi mujer y mi hijo vivían y era otro el paisaje aunque no ajeno, las montañas eran verdes y eran como un desafío. Ahora, estoy seguro, serán como lo último que veré y llevaré conmigo.

Regreso a la puesta del sol con unas piedras en la mochila, unos trozos de cuarzo o de obsidiana que ahora son un pretexto de mi ocio. Enciendo la lámpara y escribo en mi cuaderno. Allí anoto sólo aquello que creo vivir o que vivo.

En Estambul, en la iglesia de San Sergio y San Baco convertida hoy en mezquita, donde, según dicen, se celebró el segundo concilio de la Iglesia cristiana, veíamos a los niños jugar a la pelota debajo de los soportales entre el polvo, la mugre y la pobreza. Somos allí más jóvenes. Y mi mujer oprime el disparador de la máquina. Me despierto agitado, soñando con aquellos días de Italia, en aquel caluroso piso del *piazzale* Gorini en el verano, en la historia de Laura a cuyos padres fusilaron a los fondos de una trattoría en Varese. Y en el toro y las siete vacas del cielo de la tumba de la reina Nefertiti.

Siento que a medida que avanza el mes, el sol y mi vida disminuyen pero mis sueños se agrandan llenos de luz, de olores a cocina, de ruidos, de risas agitadas como pájaros; de todo aquello a lo que debo las ganas de salvarme, de seguir viviendo para recordar.

Al regresar de uno de mis paseos descubro una camioneta parada frente a la escuela. Me detengo, doy un rodeo. Al cabo me acerco. Entro. En la cocina hay un hombre joven comiendo un plato de lentejas. Después sabré que se llama Amadeo. Es robusto, casi gordo si no fuera tan joven, con la barba crecida de dos o tres días, los cabellos ensortijados como los de un italiano o un árabe, abrigado en una tricota marrón de cuello alto. Ella nos presenta sin decir nada. Es simpático y habla mientras come. No entiendo bien lo que dice. Devora el plato y Ariana le sirve otro. A medio comer recuerda que ha traído vino, corre hacia la camioneta y regresa. "Italiano", dice. "De La Paz. Los bolivianos, como no tienen nada, chupan bien." Llena mi vaso con generosidad, casi hasta desbordarlo.

Ella permanece de pie, parece inquieta.

–¿Nombres? –dice él, después, observándome como si me viese cada vez, pero también con naturalidad, como a los árboles–. Todo tiene su nombre –agrega–. ¿O no? ¿Sirve eso para algo?

Observo sus manos. Son grandes, jóvenes, poderosas. Están sucias pero acostumbradas a estarlo, manchadas de aceite, de grasa, de intemperie. Como su rostro. Sus ojos son de alguna manera verdes cuando ríe. Y todos sus gestos denotan la costumbre del dominio. Cuando acaba de comer busca un palillo en el armario. Muy pronto no sé qué hacer allí, digo algo y abandono la cocina.

He vagabundeado antes por naciones sin sorpresas. Quiero decir, donde cada uno sabe de antemano cuál será su destino. Pueblos nacidos no para el deslumbramiento sino para la acumulación, donde es posible ser parricida o ladrón, o loco, pero no indigente o perseguido. Donde la muerte nunca es oprobiosa o ridícula sino un acontecer sin escándalo, un hecho vergonzante, una estadística. Anoto esto a la luz de la lámpara y enseguida me arrepiento de haberlo hecho. No quiero dejar testimonio en estos cuadernos sino de hechos. Como decir: ha cesado el viento; la noche es blanca o clara. Casi tibia, al menos entre estas cuatro paredes. Cruje una puerta imperceptiblemente; un postigón gime como un susurro de voces apenas mecido por el viento. Recuerdo que además de una linterna los habitantes de Yavi me regalaron una botella de cingani. Está en mi alforja; la saco y echo un trago y luego otro. Estoy en paz.

A la mañana siguiente, muy tarde, me despierto. Amadeo está sentado en el suelo junto a la camioneta; en una palangana llena de gasolina sucia lava o limpia unas piezas del motor.

Unos días antes, en la cocina, cuando ya los alumnos se habían ido, ella me ha dicho que su marido estaba lejos; que es empleado de correos y no ha logrado que lo trasladaran; tampoco ella había logrado su traslado. A ella se lo prometían de un año a otro, pero ya iban para tres y sólo podían verse durante las vacaciones de verano. Ninguno de los dos se decidía a renunciar.

Esa tarde Amadeo se fue.

Me siento inquieto, ansioso por momentos. Es mediodía pero el sol pálido no lo delata. No sé adónde ir y deambulo por la escuela; observo que ella se ha vestido de otra manera, también parece otra o ligeramente cambiada. Pregunto por los niños.

—Hoy es sábado —dice, riendo. Sus dientes son blancos, sorprendentes; nunca los había visto.

—He dormido hasta tarde otra vez —digo. Ella está sentada devanando una madeja de lana.

—Sí —dice—. Han traído el correo.

—¿El correo?

—El que va hasta la mina.

—¿Viene siempre?

—Sí, pero casi nunca trae nada. Ahora sólo una carta. —Me la muestra, es un sobre azul, alargado, de aspecto oficial.

—¿Buenas noticias?

—Nada. Sobre unos libros.

—¿Unos libros?

—Que debemos incinerar.

—¿Incinerar?

—Quemar —dice—. No utilizar más y quemar.

—¿Qué libros?

—No sé. Nunca los hemos tenido. Hace mucho que no mandan libros aquí.

Hoy he escrito en mi cuaderno: *La única verdad es el cuerpo.* He querido decir mi cuerpo; el límite tangible de todas mis dudas, de mis deseos, de todas las polémicas. Podemos jugar con las palabras y aun con los sueños, pero no con el cuerpo. Llueve otra vez, nieva a ratos y no he salido en todo el día de mi cuarto. Desde aquí escucho los pasos de Ariana, las puertas que se abren o cierran detrás de ella. Le he preguntado por Amadeo y he creído que sus ojos alumbraban de otra manera; pero inmediatamente he cambiado de conversación sintiendo que no tenía derecho a preguntárselo. Estábamos junto al fuego.

—Perdóneme —he dicho.

—¿Por qué? —su mano estuvo tan cerca de la mía que se tocaron. Miraba las llamas del fuego que apenas se levantaban de los carbones penosamente encendidos. Miré de pronto su pie, el zapato ortopédico que disimulaba su andar, y su perfil después y el fuego aquel moribundo en una escuela perdida en el confín del país.

Los niños regresaron el lunes y ya todos los días
de esa semana y las próximas fueron iguales. El
tiempo ayudaba con su claridad tenaz y desleí-
da, sin vientos. ¿Cómo no identificarse entonces con la gracia de esta monotonía segura y
abrigada por la luz, sin límites para la noche ni
para el cuerpo, sintiendo quizá por primera vez
que el cuerpo, y las piedras, y las cosas que eran
otras cosas a medida que la luz del día las tocaba eran como un diálogo, como una conversación con Dios?

A partir de entonces fuimos otros, más seguros y más sabios, no como los hombres sino
–tal vez– como los árboles; al margen de la memoria, repitiendo un ciclo renovado cada día.

Al atardecer regresaba con alguna torcaza,
algún conejo abatido por la vieja escopeta –que
ella había guardado hasta entonces como un
enser inútil– que a la noche comíamos junto al
fuego. Nunca lo había hecho antes, como nunca había visto las riberas del mar sin grúas ni es-
pigones ni un atardecer sin hastío en las ciudades superpobladas y ruidosas.

Así desde que he salido cerrando las puertas de mi casa, he cambiado sin querer mis há-
bitos. Esto es lo que ahora escribo aquí, en mi
cuaderno. Hasta ahora había seguido un plan
meticuloso como quien prepara su propia de-
rrota, como un discurso. Pero la vida de pronto ha mojado el discurso, aunque siga anotan-

do mis pasos, aunque sienta que escribir en estas circunstancias, por encima de todo, no es más que el ejercicio de una monstruosa megalomanía.

Una tarde, cuando los niños se han ido, menos dos que han de pasar la noche con nosotros, Ariana abre la puerta de mi cuarto agitada y dice que alguien se acerca. Alcanzo a ver la nube de polvo sobre la curva que hace el camino antes de descender hacia la escuela. Sin pensarlo más recojo mi alforja y la ayudo a desnudar mi cama doblando el colchón. Busco un escondite detrás de unos cajones de muebles embalados, que así están desde que llegaron, en el pasillo, cuando el jeep se detiene y el oficial de gendarmería entra sin llamar. Desde mi escondite puedo ver y escuchar sin que me vean. Son dos o tres hombres y preguntan por Amadeo. Ella dice que no sabe quién es. Los hombres se desplazan de una habitación a otra. Al entrar en la mía ven el poncho que he olvidado colgado detrás de la puerta.

–¿Y esto? –pregunta el que manda.

–Es mío –dice ella.

El que manda ordena a los otros observar afuera.

En este momento me doy cuenta de mi propia estupidez: esconderme otra vez sin motivo; pero ya está hecho. Si me descubrieran no podría explicarlo.

—¿Solita? —dice otra vez la voz del que manda.

—Como siempre —contesta Ariana.

—¿Y los alumnos?

—Se han ido todos, es tarde. Algunos viven lejos y los dejo ir antes. Sólo están estos dos, que se quedan conmigo hasta el viernes. —Los dos niños se apretaban contra sus faldas tratando de ocultarse.

—¿Y no extraña nada, buena moza?

—Nada que pueda remediar la policía.

—No somos policías.

—Para mí es igual, no los distingo.

Desde mi escondrijo también alcancé a oír la risa de los que estaban afuera. Vuelvo a escuchar la voz de Ariana:

—¿A quién dice que buscan?

El oficial ya se iba.

—No importa —dijo—. En realidad, lo cazamos ayer. Sólo, de paso, queríamos echar un vistazo por aquí. Ya volveremos.

Después no oí más salvo el motor del jeep que se iba repechando la cuesta.

Cuando salgo ella está sentada en la cocina, llorando. Los dos niños temerosos están afuera, de pie junto a la puerta. Me acerco y pongo mi mano sobre sus cabellos, recogidos con la traba de metal que imita a un lazo.

–¿Lo querías? –pregunto.

Ella dice que sí con la cabeza. Pero después dice:

–Sí, no sé –y rompe a llorar.

Enseguida es de noche. Ariana duerme en paz, ayudada por la taza de té con alcohol que he preparado. La contemplo, inmóvil, sentado en una silla junto a la cama; su respiración es acompasada y su rostro, sus cabellos encanecidos sobre la almohada se embellecen como un recuerdo iluminados por la debilitada luz del candil. Pienso en ella. Ella no me ama, no amó en mí sino la compensación de su propia soledad, yo he sido de pronto la imagen providencial de su sueño. También ella para mí no es más que mi propia carencia, la última vanidad de un hombre solo y derrotado.

Y antes del amanecer, por un lugar descuidado cruzo la frontera.

V
Desde lejos

No hablaré de mi viaje largo y absurdo a través de espacios ignorados de los que sólo veía un pedazo, un grupo de árboles, unas casas cerradas o, a menudo, el cielo claro en las noches, a bordo de trenes y autobuses inagotables. Uno viaja solamente cuando llega. Ahora me siento en paz, casi contento de estar solo y no esperar, junto a la ventana en este rincón oscuro de mi cuarto, como agazapado de mí mismo. El mar, afuera, frío y oscuro es una luz que se mueve rítmicamente en una boya encendida, un olor nuevo e inquietante, unas voces o unas sirenas cohibidas por el viento. Este hospedaje está en el puerto, sobre una calle abierta a los muelles mojados y abajo hay música, la música intermitente de una máquina que seguramente nadie escucha. He conocido el mar en otro tiempo y no me gustó. Pero eran otros tiempos; ahora sólo la vista del mar me calma, como una explicación sensata. El mar, las montañas de mi niñez, son quizá las dos únicas cosas que no admiten adjetivos. Un borracho se agarra a un farol en la calle, lleva su gorra ladeada y arrima su cara contra la fría columna de fierro; detrás suyo un gato oscuro merodea indiferente.

La imaginación hace más doloroso el dolor. Ésta es una de las primeras enseñanzas en la escuela de la tortura. *El dolor tiene varios umbrales.* Por las noches duermo casi vestido –es todavía un hábito de fugitivo–; dejo mi gruesa chaqueta extendida sobre las cobijas, en cuyo interior guardo mis documentos; y en las noches, tendido, espero el sueño que no vendrá fácilmente, palpando de vez en cuando mis documentos en el bolsillo en un ademán insólito que, lo sé, tardará en desaparecer casi tanto como mi propio exilio. A veces oigo, entre sueños, ladrar los perros en el campo. Me levanto, observo desde mi ventana. La ciudad duerme.

¿He huido del aislamiento, de la soledad, tal vez de la cárcel, para encerrarme? El destino de un hombre es como un tigre que ronda. Me palpo el cuerpo, los ojos, las manos; he abandonado una forma de vida que no recobraré jamás, pero no he roto mis lazos con los seres humanos. Desde este mismo día me he dispuesto a pensar y aun a soñar, si es que esto es posible, en cosas sencillas ¿qué más es la vida? Hoy he ido otra vez a la gran estación ferroviaria donde, entre muchos, tengo la fugaz ilusión de participar; allí todo está puesto en un idioma neutral. *Assistance voyageurs*. En el gran hall grupos de gente van y vienen confusos. Afuera los rayos del sol mueren apretados entre los callejones estrechos de la ciudad vieja. Es temprano y regreso a tiempo para el desayuno. La mujer robusta de grandes manos tumefactas por la temperatura cambiante del agua del fregadero se acerca a mi mesa y me habla. No la comprendo; sus ojos azules son entusiastas; me toma de la mano y me lleva hacia adentro para señalar un huevo.

Espero una carta que no llega y mientras tanto ando por las calles de la ciudad fría y oscura que así parece más pequeña. Estas calles sólo están consagradas al quehacer, no al deambular placentero de otros ámbitos; quiero decir, la gente circula por las calles sólo para ir de un lado a otro, no para estar. No hay mendigos ni vagos ni casualidad. Tampoco aquí los cuerpos tienen forma; el descubrimiento de sus formas es un acto íntimo y último. No existe así la tentación ni la oferta y sólo valen la voz, la mirada, la pequeña peripecia compartida. En un instante de flaqueza recuerdo aquí las palabras del viejo Félix cuando dijo: "Lejos, cuando nuestras voces se confundan, pediremos pan y nos darán piedras".

La historia de un hombre es un largo rodeo alrededor de su casa. Pero mi casa, junto a las vías, es también sonar de trenes raudos, resoplantes trenes a través de la noche, como una parábola. La memoria convertida en palabras, porque es en las palabras donde nuestro pasado perdura, y en las imágenes (¿no son las palabras sólo imágenes?). Así el lenguaje es también el recurso de nuestra propia desdicha; y el hombre lejos de su casa se convierte en una llamada sin respuesta. Llueve, pero esta lluvia cortada por el grito de las gaviotas seco y agresivo como el tajo de una tijera sin filo, es la empobrecida metáfora de otras lluvias saludadas por el regocijo de otros pájaros cuando, de espaldas sobre la hierba, escuchaba cómo mi propio cuerpo crecía.

¿De qué modo conciliar el olor de la salvia, la yerbabuena, la madreselva con las tumbas subrepticias abiertas de la noche a la mañana en el cementerio de Yala? ¿Será posible después de todo esto apoyarse en los mitos? ¿Cómo olvidar esta lección? Recuerdo aún mi camisa de seda y mis pantalones blancos en la primera comunión, andando por el sendero de regreso a mi casa, contrito, para "no perder a Dios por el camino" hasta que vi el río y sentí el calor y la necesidad de zambullirme y Dios se me escapó, desnudo ya y se fue por la corriente y llorando, yo me quedé allí desnudo y solo junto a los berros, a los lampazos de la ribera, bajo la sombra de aquellos sauces. Entonces aprendí que nadie tiene el derecho de amar sin medida, sin contrapartida, sin opciones; que acaso la misión del hombre sea sólo justificar la conducta de los dioses.

Ahora sólo me queda imaginar el crepúsculo sobre mi casa como una promesa de felicidad; como la propuesta vaga y milenarista de otra luz; de la luz de aquellas siestas marcadas en mi memoria por el canto de un gallo imperativo, insolente —de aquellos gallos transfigurados en el pavo real de la resurrección que vi alguna vez en una desierta sinagoga de Toledo— que tal vez volveré a ver aquí, aquietado el dolor del exilio, el cantar obstinadamente olvidado y recordado, cuando, ahora, estoy pidiendo que este invierno no me seque el alma, que no me impida ver entre el polvo, los escombros y la locura; que no destierre también mi alma de esa luz del verano entre los sauces, patrimonio de los enamorados y de los viejos. De esa luz, entrevista mientras viajo por este país nublado, frío e incomprensible que yo mismo he elegido. No quise seguir viviendo entre violentos y asesinos; en las sombras de aquellos árboles abandoné la memoria de mis muertos. Un soplo desvaneció mi casa, pero ahora sé que aquella casa todavía está aquí, erigida en mi corazón.

Este libro se terminó de imprimir en el mes
de noviembre de 2004 en Color Efe,
Paso 192, (1870) Avellaneda,
República Argentina.